GRANDS CRIMES ET PETITE REINE

DU MÊME AUTEUR

L'Évadé de Saint-Martin
SO Noir, 2019

Tension mortelle à la Rochelle
SO Noir, 2020

OLIVIA
DUPUY

GRANDS CRIMES
ET PETITE REINE

ROMAN

SO noir

Création graphique et travail éditorial : Pierre Moquet
Ce livre a été imprimé par CPI Print
N° ISBN : 978-2-8177-0744-0

1

PROLOGUE

Accroupie derrière un arbuste, soigneusement éloignée de la lumière des réverbères, la silhouette se tenait immobile. L'arrière de l'hôtel était plongé dans le noir. Seuls les panneaux d'indication de sortie baignaient de leur lumière verte la salle à manger et le bureau du directeur, au rez-de-chaussée du bâtiment. Vingt minutes s'écoulèrent, interrompues de temps à autre par les aboiements d'un chien dans le lointain et quelques sirènes. La silhouette attendait, patiente, décidée.

Soudain, après avoir vérifié les environs, l'ombre se redressa et s'approcha sans bruit d'une des baies de la salle à manger. À l'aide d'un outil coincé dans sa ceinture, elle força le système d'ouverture et se glissa rapidement dans l'hôtel. Blottie derrière le mur, elle échappait aux regards extérieurs.

Dehors, une ambulance filait à toute allure. Le véhicule passa trop rapidement sur le dos-d'âne devant le bâtiment et le malade à l'intérieur rebondit sur son brancard. Le médecin qui était près de lui tapa plusieurs fois à la vitre qui le séparait du chauffeur. Ce dernier venait d'être embauché. Originaire de Dijon, il ne connaissait pas encore les pièges de Chauvigny et accéléra encore, affolé. Plusieurs chiens aboyèrent. La sirène finit par s'évanouir au loin. Le quartier retomba dans le sommeil. Sur le parking de l'hôtel, à gauche du bâtiment, plusieurs voitures identiques étaient garées en bataille, toutes ornées du même logo Betagreen IDS, vert sur fond bleu. Un réverbère clignotait par intermittence, victime d'un mauvais contact.

Finalement, l'ombre se faufila parmi les tables du restaurant, dans le noir complet, et se dirigea vers la baie entrouverte. Les panneaux lumineux avaient été volontairement mis hors d'usage avec le même outil ayant servi à l'effraction. Sans état d'âme, la silhouette enjamba l'ouverture et sauta dans les plates-bandes qui entouraient l'édifice. D'un pas souple, elle courut vers le mur d'enceinte de l'hôtel. Elle s'y adossa pour reprendre son souffle, puis observa attentivement le bâtiment.

Tout à coup, l'alarme d'un détecteur de fumée déchira le silence, stridente, aiguë. Les secondes passèrent. Rien ne bougeait derrière les vitres de l'hôtel. Bientôt, des cris s'ajoutèrent au son perçant de l'appareil. Une lumière au premier étage troua l'obscurité, puis une deuxième sur sa droite. Les cris redoublèrent d'intensité. Une fenêtre s'ouvrit et un bras apparut, qui s'agita, impuissant, dans la nuit.

— Au feu ! Au feu !

La silhouette retint son souffle, visage tourné vers la construction, tout en tension. À l'étage, le bras se retira, la voix s'éteignit. Juste à côté, la vitre voisine vola en éclats et de grandes flammes s'échappèrent, léchant la façade claire de l'hôtel. Toutes les fenêtres du premier étage étaient maintenant éclairées, et celles du rez-de-chaussée s'allumèrent les unes après les autres. De l'autre côté du bâtiment, les clients de l'hôtel surgirent en courant du hall d'accueil, paniqués, et se regroupèrent sur le parking. Certains ne portaient qu'un sous-vêtement ou un bas de pyjama. Heureusement, il faisait bon en cette saison ; ils n'avaient pas encore froid, l'esprit embrouillé par la panique, saturé de hurlements.

Au premier, là où l'incendie avait commencé, le réceptionniste de permanence – un étudiant en droit – tenta d'éteindre les flammes qui se dégageaient de la buanderie. L'extincteur cracha une mousse blanchâtre, qui disparut en vain dans la fournaise. Les flammes, attisées par les courants d'air, redoublèrent d'intensité. Le réceptionniste avait appelé les pompiers et guettait leur sirène avec anxiété. Il recula sous les vagues de chaleur, découragé face à la puissance du feu. Bien qu'il eût vérifié, ainsi que le recommandaient les consignes de sécurité, que tous les clients avaient été évacués, un homme, vêtu d'un simple jogging, apparut à ses côtés et, à l'aide d'un extincteur de secours, tenta à son tour de maîtriser le brasier. Le réceptionniste lui hurla de s'enfuir, mais l'homme n'entendit rien. Concentré, il arrosa avec application l'entrée de la buanderie.

Soudain, une plainte s'éleva et se transforma rapidement en hurlement de terreur. Affolé, le réceptionniste tourna la tête en tous sens pour localiser ce cri. Il se dirigea vers la chambre située à gauche du foyer, mains sur le visage pour se protéger de la chaleur et de la fumée. L'homme en jogging le suivit et répandit de la mousse tout autour d'eux. La fumée les empêchait désormais de distinguer quoi que ce soit ; toutefois, la plainte était proche, et emplie de souffrance. Puis elle s'arrêta, net. Le réceptionniste ne put se résoudre à reculer face à l'incendie et s'enfonça dans la fumée grise et épaisse. Dans la pièce voisine, le plafond s'effondra.

Dehors, la silhouette enjamba le mur d'enceinte et s'évanouit dans Chauvigny sans se retourner.

ÉTAPE 9

PAU-LARUNS

DIMANCHE 5 JUILLET

2

LES JUNIORS

Dans la pénombre de la pièce, le carré de lumière vive attirait tous les regards. Le bleu roi du ciel, le vert acide des champs, les couleurs vives des maillots contrastaient avec l'obscurité du salon.

À l'écran, le visage d'un homme ruisselait de sueur. En danseuse, casque blanc sur la tête, le cycliste grimaçait sous les effets de l'acide lactique. Sur le verre réfléchissant de ses lunettes, les téléspectateurs devinaient la longue route bitumée, les platanes alignés de chaque côté, la moto de gendarmerie, les spectateurs sur le bord de la chaussée. La bouche grande ouverte, au bord de l'asphyxie, le cycliste plongea soudain les épaules vers l'avant et accéléra son rythme de pédalage. Pas question de laisser le peloton le rattraper. Le matin, sept kilomètres après le départ réel, il s'était échappé, profitant d'une succession de virages dans les faubourgs de Pau. Comme il était perdu dans les profondeurs du classement, le peloton n'avait pas jugé bon de le suivre et l'avait laissé filer. Il roulait en solitaire depuis maintenant trois heures. Les premières crampes étaient apparues quelques kilomètres plus tôt et les effets de la fatigue se faisaient sentir. L'homme était moins attentif et avait failli se faire surprendre par un trottoir à l'entrée d'un village. Bientôt commencerait l'ascension du col de Marie-Blanque, le dernier des trois cols du jour. Il se concentrait sur la fin de parcours : la montée en lacets, les sept kilomètres d'ascension à 8,6 %, puis les dix-huit derniers kilomètres avant l'arrivée à Laruns.

Le coureur avala quelques gorgées d'eau, s'aspergea la tête. Le ruban d'asphalte se déroulant devant lui, d'un noir de jais, luisait sous la chaleur. Encore deux kilomètres avant l'ascension. Il leva le bras. La voiture de son équipe remonta à sa hauteur et son directeur sportif lui tendit un bidon d'eau : « Ménage-toi avant l'ascension. Bois. Ne lâche rien. Le peloton est à trois minutes, c'est jouable. Allez Adam, c'est maintenant ! »

Adam tira le bidon à lui – pas question d'écoper d'une pénalité pour bidon collant[1]. La voiture le laissa repartir. La distance se réduisait insidieusement : deux minutes cinquante, puis deux minutes vingt désormais. Cela ne voulait dire qu'une chose : le peloton s'était mis en ordre de bataille pour passer à l'offensive. Mais à vingt-cinq kilomètres de l'arrivée, tout était encore possible. Adam Laurens, de l'équipe AG2R La Mondiale, aperçut le tournant qui signalait le début de l'ascension.

Dans le salon aux volets clos, un groupe de cyclistes en herbe surveillaient la progression du coureur, les yeux rivés sur les chiffres en haut à gauche de l'image. Romain jaillit du canapé, s'approcha de l'écran et hurla pour encourager

1. Bidon collant : astuce qui consiste, pour un cycliste, à se faire tracter quelques instants pour se reposer. Lorsqu'un coureur vient chercher du ravitaillement pour ses coéquipiers, il lui suffit de s'agripper au bidon qu'on lui tend depuis la voiture d'équipe… Si un bidon est jugé trop « collant », qu'un abus est constaté, une sanction peut être appliquée.

le coureur. Trapu, musclé, il dégageait une impression de vitalité que son regard clair et doux semblait démentir. Thomas Rivaille[1], qui paraissait immense dans ce canapé, genoux à hauteur du menton, lui demanda d'une voix posée de s'asseoir, lui rappela qu'il restait encore vingt-cinq kilomètres et que tout pouvait encore basculer. Romain grimaça, alluma machinalement son portable, puis le lança sur la table basse sans même le regarder. Il ne pouvait plus supporter la tension de cette fin de course.

— Qui veut une bière ?

Six mains se levèrent. Romain s'élança vers la cuisine. Arrivé devant le frigo, il retira son maillot aux couleurs de son club, vert et blanc, et le lança d'un geste habile sur une chaise. L'énergie qui se dégageait de sa silhouette massive rayonnait dans toute la pièce. Il enleva les bretelles de son cuissard, les laissant pendre de chaque côté de ses jambes, et se passa le visage sous l'eau à l'évier de la cuisine. Ruisselant, il attrapa deux packs de bière et repartit en hâte dans le salon.

— Alors ?

— Deux minutes.

Il grimaça. Six mains lui arrachèrent le pack et se répartirent les canettes. La bière gicla, fraîche, ambrée.

— À la tienne Adam !

Après avoir étanché leur soif, leurs visages se rapprochèrent rapidement de la télévision, regards attentifs. Tout se jouait là, à cet instant. Pas question que leur favori perde l'étape, surtout après cette échappée gérée à la perfection…

Le claquement de la porte d'entrée les fit tous sursauter, à l'exception de Romain. Il haussa les épaules, l'air moqueur :

---

1. Voir *L'Évadé de Saint-Martin*, Olivia Dupuy, collection So Noir.

— C'est rien, c'est seulement mon père.

Michel Delage, le visage en sueur, s'arrêta sur le seuil du salon et se pencha pour enlever ses bottes :

— Alors ?

Il fronçait les yeux pour tenter d'apercevoir le nombre de kilomètres restant. Des dizaines de rides apparurent sur son visage buriné. Il passa la main dans ses cheveux blancs et mouillés, collés à son front.

— Adam en tête, peloton à une minute cinquante.

— Il est dans quel état ?

— Un début de crampes il y a dix minutes. Rien depuis.

Pieds nus sur le carrelage, Michel partit se laver les mains dans l'évier de la cuisine, râla devant le frigo vide :

— Vous avez tout bu ?

— Viens vite !

Les garçons s'écartèrent pour lui laisser une place au centre du canapé. Thomas lui tendit une canette :

— Début de l'ascension du col de Marie-Blanque. Plus que vingt-cinq kilomètres.

Michel avala une gorgée, sourit malgré la fatigue :

— Il était temps que j'arrive !

Adam, après un début d'ascension à 5 %, se mit en danseuse pour attaquer la seconde partie, plus raide. Malgré la moto qui le précédait pour assurer sa sécurité, la foule se refermait derrière le passage de celle-ci puis s'écartait à nouveau pour laisser passer le cycliste. Les spectateurs hurlaient, agitaient des drapeaux multicolores, des bobs à carreaux rouges et blancs, des pancartes aux grandes lettres noires tracées à la main, des banderoles bariolées. Adam, concentré, cherchait l'oxygène, bouche ouverte.

Avec tout ce bruit autour, il n'entendait même plus les consignes qu'on lui donnait dans son oreillette. Il espérait que ses réserves en sucre seraient suffisantes pour tenir jusqu'à l'arrivée, sans une hypoglycémie qui le priverait de ses forces et ferait le bonheur du peloton. Encore quatre kilomètres d'ascension. Son directeur sportif lui hurla trois mots : « Une minute quarante ! » Cette annonce lui fit l'effet d'une décharge électrique. Debout, le buste en avant, il redoubla d'efforts, écrasant les pédales avec rage.

À quelques kilomètres derrière lui, le peloton commençait à s'étirer dans les premiers mètres de la montée. Trois coureurs de l'équipe Lotto-Soudal, dont son leader, Tiesj Benoot, verrouillait l'avant du peloton, suivi de près par quelques grimpeurs, Warren Barguil, Egan Bernal et Thomas De Gendt. Quelques dizaines de mètres plus loin, un problème mécanique obligea un coureur à s'arrêter, ce qui créa une cassure dans le peloton. Derrière, aucun cycliste n'eut la force de relancer. Les premiers mètres d'ascension réalisaient déjà leur travail de sape.

Dans le salon, les uns après les autres, les jeunes cyclistes se levèrent et se rapprochèrent de la télé pour encourager leur champion. Adam Laurens était originaire de Niort et bien connu des amateurs de la région. Il incarnait un parcours professionnel sans faute et voué à un avenir prometteur. Adam participait pour la deuxième année au Tour de France et s'était classé douzième en 2019. Il rêvait de se démarquer cette année en accédant au top dix. Les garçons, tous membres de l'USAC – l'Union Sportive Aigrefeuille Cyclisme –, l'avaient souvent croisé sur des championnats régionaux et le Tour de Vendée.

Une minute trente. Malgré les dénivelés, le peloton continuait sa remontée sur l'homme de tête. Romain, torse nu, serrait les dents et encourageait le challenger à voix basse. Thomas, qui dépassait Romain d'une tête, lui tapa sur l'épaule.

— Relax, nous fais pas une crise cardiaque !

Romain se dégagea, furieux.

— Il va pas tenir, il va pas tenir... Oh ! Attaque ! Attaque de Thomas De Gendt !

Impérial, Thomas De Gendt, le cycliste belge de l'équipe Lotto-Soudal, se mit à accélérer, comme mû par une force irrésistible. Bouche grande ouverte, en danseuse, les yeux cachés derrière ses verres réfléchissants, De Gendt attaqua sans faiblir. À droite de l'écran, le compte à rebours s'accéléra : une minute quinze, une minute, cinquante secondes. Une vue d'hélicoptère stupéfia les garçons : les deux hommes n'étaient séparés que par un lacet et la distance entre eux se réduisait à vue d'œil.

Michel, entre deux gorgées, soupira, les yeux voilés par la fatigue :

— C'est foutu...

Romain jeta un regard noir à son père.

— Tant que la ligne n'est pas franchie, rien n'est joué. Tu n'arrêtes pas de nous le répéter.

Il se retourna vers les images de la course, suppliant :

— Vas-y Adam, vas-y, c'est maintenant !

Mais le visage du Niortais se contracta, bouche tordue. Il essayait sans succès d'aspirer plus d'oxygène, les poumons en feu, à la limite de l'évanouissement. Pris de crampes, il exécuta par réflexe quelques mouvements disgracieux pour soulager ses muscles. Son directeur sportif l'encourageait en discontinu dans l'oreillette, la voix tantôt suppliante, tantôt cinglante comme un fouet. Encore un kilomètre d'ascension. Au virage suivant, en épingle à cheveux, il aperçut du coin de l'œil Thomas De Gendt. En un éclair, Adam comprit qu'il ne résisterait pas. Il se rassit sur sa selle, tenta de maintenir sa vitesse, sans succès. Quelques dizaines de mètres plus loin, Thomas De Gendt le dépassa sans un regard, concentré sur son effort, bloc compact de muscles et de volonté. Dans un sursaut d'orgueil, Adam se remit en danseuse pour rester dans sa roue.

*

— Bon, deuxième, c'est pas mal quand même, non ?

Les garçons, vautrés sur le canapé, ne parlaient plus, écœurés par la défaite de leur champion. Anthony, le plus jeune de l'équipe, poussa un long soupir. Michel tenta de les distraire :

— Alors, votre entraînement ce matin ?

Personne ne prit la peine de répondre. Thomas confirma le classement général mis à jour sur son portable :

— Au classement général, De Gendt passe deuxième, Alaphilippe est toujours maillot jaune, Tiesj Benoot perd une place.

Après un bref coup d'œil à l'horloge du salon, Michel finit sa bière et la posa sur la table basse.

— Vous repartez ou quelqu'un peut me donner un coup de main pour les bêtes ? Il faut les mettre sur la grande terre.

Romain soupira en se grattant le torse :

— Je vais t'aider. On a fini l'entraînement de toute façon.

Les jeunes sportifs se levèrent en soupirant, rajustant leur maillot. Anthony se rongeait les ongles, furieux de cette défaite. Dans l'entrée, les garçons, avec une mine d'enterrement, enfilèrent chaussures, gants et casque en silence. Malgré les tenues identiques, les différences de morphologie sautaient aux yeux, chacune indiquant un profil de coureur particulier : rouleur, grimpeur, puncheur… Thomas, longiligne et sec, se tourna vers Michel, qui s'était adossé au chambranle de la porte.

— Henriette, ma grand-mère, a goûté les yaourts de votre coopérative. Elle a adoré ! J'ai eu droit à une longue tirade sur la qualité des produits régionaux et le danger de l'industrie agroalimentaire. Enfin, vous voyez le genre…

Romain écrasa sa main sur son casque en éclatant de rire.

— Ah ah ! Ma grand-mère, un petit pot de beurre… Et le gentil chaperon rouge, alors ?

— Ce que tu peux être…

Michel l'interrompit :

— Il faut qu'elle goûte notre nouveau fromage, une tomme charentaise à tomber par terre. Je t'en donnerai la prochaine fois, ok ?

En se retournant, Michel aperçut le tatouage qu'Anthony arborait sur sa cuisse droite. Une paire de ciseaux semblait poursuivre une dizaine de pointillés, positionnés exactement à la limite de la zone de bronzage.

— C'est quoi ça ? C'est nouveau ?

Anthony, caché derrière ses verres jaunes, s'avança vers lui et retroussa son cuissard vert. Le père de Romain put lire : « Coupez ici. À consommer sans modération. » Après un bref silence, il passa une main large et calleuse sur son visage.

— Vous êtes complètement dingues !

Il se tourna vers son fils, regard las :

— Bon, Romain, on y va ? Faut s'occuper des bêtes.

— Oui, je me change et j'arrive. Allez les gars, à demain ! Dix heures au club ?

Thomas confirma d'un hochement de tête et ouvrit la porte. Aveuglé par la lumière, il sentit la chaleur de juillet lui sauter au visage. Sur sa droite, la route goudronnée et pleine de trous qui menait à Aigrefeuille se transformait par endroits en flaques liquides. Les multiples verts de la nature environnante, du vert tendre des jeunes pousses au vert foncé des feuilles des chênes, se mélangeaient en une soupe uniforme sous l'effet de la lumière crue, intense. Pas un souffle de vent. Il allait falloir pédaler vite pour obtenir un semblant d'air…

3

LA MARIENNE

Henriette Rivaille s'approcha de la table et, brusquement, y donna un grand coup de canne. Les neuf résidents attablés autour d'un gaspacho de tomates sursautèrent. À quatre-vingt-un ans, l'air faussement menaçant, canne en suspens au-dessus de la soupière, le visage d'Henriette, la grand-mère de Thomas, s'éclaira d'un grand sourire. Elle bégaya sous le coup de l'émotion :

— Vous savez quoi ? Hein, quoi ? Eh ben, mon petit-fils, eh ben, il va faire le Tour de France ! Le Tour de France ! Regardez…

Monique, la grande amie d'Henriette, manqua de s'étrangler avec un pépin de concombre.

— Thomas va faire le Tour de France ?

Henriette hocha plusieurs fois la tête :

— Enfin, il va rouler sur une étape avec sept autres jeunes de son club. Ça s'appelle « Les Cadets Juniors du Tour » et c'est réservé aux jeunes cyclistes. Aux meilleurs ! Et Thomas a été sélectionné. Thomas, mon petit-fils !

Elle déposa sa canne sur la table près de Monique et fouilla dans la poche de sa jupe. Elle en sortit un mouchoir gris, qu'elle fourra aussitôt dans l'autre poche en grommelant, puis attrapa son téléphone portable. Elle se concentra en soupirant, appuya sur quelques touches et retint son souffle. Enfin, rayonnante de fierté, elle montra l'écran aux autres pensionnaires.

— Vous voyez ? C'est la photo des huit juniors sélectionnés. Thomas est derrière, c'est le plus grand. Vous voyez ? Qu'est-ce qu'il est beau…

Émile, un résident de quatre-vingt-neuf ans, leva son verre de vin rouge :

— À la victoire de Thomas ! Vous savez que j'ai failli être cycliste professionnel. Il s'en est fallu d'un cheveu. C'est à cause de…

Henriette tapa à nouveau sur la table pour attirer l'attention. Elle n'aimait pas qu'on lui coupe la parole. Mais Sophie, l'aide-soignante, jaillit de la cuisine et s'empara de la canne d'Henriette.

— Je vous ai déjà demandé cent fois de ne pas vous en servir comme d'une arme. Ce n'est plus possible Henriette, il faut changer vos habitudes ! Allez, venez, il faut commencer à manger, le plat arrive.

Henriette bougonna et s'assit avec effort entre Émile et Monique, tandis que Sophie déposait l'objet contondant dans un coin de la salle à manger, à bonne distance de la grand-mère. Monique lui tendit la bouteille de vin :

— Un petit coup pour te remettre de tes émotions et fêter la sélection de Thomas ?

Henriette vida son verre cul sec, les joues rouges. Elle avait appris la nouvelle il y avait moins d'un quart d'heure, et elle était encore sous le choc. Émile tenta à nouveau sa chance :

— C'est à cause de ma fiancée… C'est pour elle que je ne suis jamais devenu cycliste professionnel. Elle a entendu parler de la mort de Léon Level, survenue à la suite d'une chute au Parc des Princes. C'était pourtant un sportif aguerri, qui avait gagné une étape du Tour de France quelques années auparavant. Alors, elle a pris peur. Et j'ai dû renoncer à ma carrière chez les pros pour l'épouser...

Émile s'essuya les yeux avec sa serviette. Sophie déposa un plat de pâtes fumant devant lui. L'odeur de la sauce tomate faite maison lui rendit le sourire. Sophie, une main sur son épaule, proposa de le servir en premier. Tout en remplissant son assiette, elle s'adressa à Henriette :

— Alors c'est vrai ? Votre petit-fils va faire une étape du Tour ?

Henriette se redressa sur sa chaise, les yeux brillants.

— Oui, il va faire les cinquante premiers kilomètres de l'étape, entre Châtelaillon et Niort, deux heures avant les coureurs professionnels. Les juniors ouvrent la voie, en quelque sorte. Pas mal, hein ? Thomas s'est mis au vélo il y a trois ans et le voilà déjà avec les meilleurs !

Sophie servit chaque résident, avec plus ou moins de sauce selon leur goût. Après cinq années passées à leur service, elle avait appris à les connaître comme des proches. Elle ramassa la serviette de Louise et réconforta Thérèse qui, depuis le matin, se plaignait de maux de gorge. Puis elle s'installa près d'eux. Elle poursuivit :

— On pourra le voir à la télé ?

— Non, hélas, ce n'est pas retransmis. Mais il m'enverra des vidéos, il m'a promis.

Louise, soixante-seize ans, bon pied bon œil, se tourna vers Henriette :

— Ça, c'est l'étape 11, qui va de Châtelaillon à Poitiers. Mais tu sais que l'étape 10 finira sur l'île de Ré, à

Saint-Martin ! Vous vous rendez compte le bazar que ça va être ?

Monique soupira, l'air excédé :

— Louise, ça fait trente fois que tu nous le répètes. On en a parlé tout l'hiver, de cette affaire. Je commence à en avoir marre de tout ce tintouin autour de cette course... Hier, j'ai fait mes courses au marché avec Sophie. C'était noir de monde, il y a des drapeaux du Tour partout. Y a même des vrais vélos accrochés sur la façade du *Café du Commerce* ! De vrais vélos ! Hein, Sophie, pas vrai ?

Sophie hocha la tête :

— Oui. Les locations et les hôtels sont tous complets, tout est pris d'assaut. Il ne reste plus une seule chambre de libre début juillet.

Henriette ricana :

— On devrait louer nos chambres d'amis, pour mettre du beurre dans nos épinards. Vous en pensez quoi ?

Dans la résidence, les chambres d'amis servaient à accueillir les proches des occupants le temps d'une visite. Lorsque Henriette et Monique avaient pris la décision de quitter l'EHPAD de Saint-Martin, trois ans auparavant, elles avaient choisi de créer elles-mêmes une structure à taille humaine, adaptée à leurs besoins. Inséparables et têtues, elles avaient remué ciel et terre pour obtenir des financements, et réussi à convaincre le maire d'Ars-en-Ré de leur louer une maison assez grande, en plein centre du village. Henriette, avec neuf autres volontaires, s'y était installée avec soulagement, loin du modèle de l'EHPAD qu'elle n'avait jamais supporté. Monique, quant à elle, avait trouvé une maison juste à côté et avait emménagé avec l'inspecteur Roux, tout juste à la retraite après l'enquête sur le cambriolage du musée Ernest-Cognac, à Saint-Martin[1]. Elle venait régulièrement leur rendre visite ou partager les repas, et avait également participé au choix du nom de leur structure : *La Marienne* ; « la sieste », en patois charentais.

Émile secoua sa fourchette pleine de sauce avec de grands gestes :

— Louer notre chambre d'amis ? Ah non, pas possible ! Mon neveu l'a réservée depuis octobre. Parce que vous comprenez, lui aussi est fan de vélo…

Sophie se dépêcha de le rassurer :

— Ne vous inquiétez pas, le planning est à jour et nous serons heureux d'accueillir votre neveu début juillet. Qui veut du fromage ?

Monique, pimpante dans sa robe violette, se leva et se dirigea vers la cuisine.

— Je vous ai ramené un mottin et une taupinière charentaise, tous les deux à point.

Émile se tourna vers Thérèse :

— J'ai planté du thym dans le potager. Tu en veux pour soigner ta gorge ? C'est excellent en tisane, avec un peu de miel. Quelqu'un d'autre en veut ?

Henriette secoua la tête, d'un air dégoûté :

— Un bon café, noir et bien corsé, voilà ce qu'il me faut. Pas un pisse-mémé au thym, quelle horreur ! Et je vous signale que dans une semaine à cette heure-ci, nous serons sur la ligne d'arrivée à Saint-Martin ! Qu'est-ce qu'il me tarde…

Sophie éleva la voix, pour que tous les résidents entendent bien.

— Le minibus viendra nous prendre à onze heures, parce qu'après, la circulation sur la D735 sera coupée.

1. Voir *L'Évadé de Saint-Martin*, Olivia Dupuy, collection So Noir.

Le restaurant pour le déjeuner est réservé. Ensuite, il faudra qu'on aille à pied jusqu'à la place de la Mairie, où se trouve la ligne d'arrivée. On sera situés juste à côté de la tribune officielle, sous les arbres, pour nous éviter de cuire en plein soleil. Par contre, même ce jour-là, vous devrez vous souvenir du code pour pouvoir sortir…

Ce code était la seule règle imposée à *La Marienne.* Les résidents et l'équipe encadrante, d'un commun accord, avaient installé un digicode sur la porte de sortie pour éviter que certains pensionnaires, désorientés, errent seuls dans le village. Le code choisi par Henriette, passionnée de physique quantique, était composé des quatre premiers chiffres de la constante de Planck[1], soit 6626.

Henriette, tout en découpant un énorme morceau de tomme, s'esclaffa :

— Vous savez, hier, j'ai vu un reportage sur Bill Gates, le fondateur de… vous savez, le truc d'ordinateur… Eh bien, quand le journaliste lui a demandé ce qui lui faisait le plus peur, il a répondu : « Perdre mes facultés de réflexion. » Je vais lui écrire pour lui dire que je comprends parfaitement son angoisse… Heureusement, j'ai tous mes neurones aujourd'hui ! 6626 : à moi la liberté !

Sophie confirma d'un hochement de tête :

— Il faudra encore le taper pour pouvoir assister à l'arrivée de l'étape. Votre petit-fils sera à l'arrivée ?

Henriette fit la moue :

— Pas sûre. Je pense qu'il va se concentrer sur son étape du lendemain, à Châtelaillon. On leur paye même l'hôtel là-bas. La classe, non ?

1. Notée h, égale à $6{,}626068.10^{-34}$ joule-seconde, la constante de Planck représente la plus petite quantité d'énergie du monde physique.

*

Plus tard, dans l'après-midi, après avoir abreuvé Thomas de messages de félicitations, Henriette s'installa dans un transat, sous le figuier du jardin. C'était l'heure délicieuse de la sieste… Elle se plongea dans son livre du moment, emprunté à la bibliothèque d'Ars, *Socrate à vélo*. L'auteur, Guillaume Martin, diplômé de philosophie, avait fini douzième du Tour de France 2019 et s'amusait à imaginer Socrate, Aristote, Nietzsche ou Pascal en cyclistes de la Grande Boucle. C'était la bibliothécaire qui, connaissant les goûts éclectiques d'Henriette, lui avait recommandé ce livre, soucieuse de faire tourner sa sélection sur le cyclisme. Même les locaux de la bibliothèque, plutôt étroits, s'étaient parés de jaune et de noir…

Henriette lut un long moment, sourire aux lèvres. À la fin d'un chapitre, elle posa le livre sur ses genoux. Le jeu du soleil à travers les feuilles, l'odeur sucrée de l'arbre, le bourdonnement des abeilles la bercèrent immédiatement. Elle s'endormit, bouche grande ouverte, l'esprit rempli de calculs d'optimisation de trajectoires sur une route en lacets, de matières révolutionnaires capables de diminuer l'interaction entre les systèmes roue et route, de superposition quantique de deux cyclistes – l'un sur la ligne de départ, l'autre sur la ligne d'arrivée –, de concepts philosophiques liés au mouvement et à la performance…

4

RÉUNION HOULEUSE

Michel conduisait, sourcils froncés, le coude droit sur la portière. L'air s'engouffrait dans l'habitacle et agitait ses cheveux blancs. Il soupira pour la troisième fois. Il redoutait la réunion de la coopérative agricole qui allait se tenir le soir même, et surtout l'attitude agressive de Pascal Gaillard, l'un des adhérents. Tous deux avaient créé cette structure il y avait dix ans de cela, soucieux de trouver une solution pérenne pour l'ensemble des professions du secteur. Et en dix ans, les résultats avaient été au rendez-vous : visibilité de leurs activités à long terme, mainmise sur les prix du lait, développement du marché à l'étranger… Le chemin parcouru était plus que satisfaisant. Aujourd'hui, la coopérative agricole comptait quarante et un membres, représentés par onze administrateurs – une belle réussite pour ces deux agriculteurs.

Mais depuis quelques mois, l'hostilité de Pascal altérait leurs relations et Michel ne parvenait pas à trouver une explication à ce changement d'humeur et de ton. Au sein de la coopérative, certains adhérents, poussés par Pascal, adoptaient des positions radicales, loin de l'harmonie habituelle de fonctionnement. Lentement, ils s'éloignaient des débuts consensuels, lorsque tous les membres parlaient d'une seule voix…

Michel passa sa main sur son visage, bâilla longuement sous l'effet de la nervosité. Il secoua la tête. Oui, les premiers signes de dissension étaient apparus lorsque Pascal l'avait pris à partie en pleine réunion, l'accusant d'abuser de sa position de membre fondateur de la coopérative. Michel se souvenait encore de la virulence de ses paroles, aussi fortes qu'un coup de poing en plein plexus. Il en avait eu le souffle coupé. Il connaissait Pascal depuis des années, avait bataillé à ses côtés pour donner vie à la coopérative et pour inscrire cet outil dans la durée grâce aux récentes adhésions de jeunes agriculteurs de Charente. Cette attaque en pleine séance avait pris Michel de court, l'avait laissé groggy, sonné. Il n'avait pas dormi plusieurs nuits d'affilée, se questionnant sur la raison de cette offensive déloyale et amère.

*

Arrivé à Virson, à quelques kilomètres d'Aigrefeuille, Michel ralentit. La place de la Mairie était déjà pleine de voitures. Il tourna pendant cinq minutes avant de pouvoir se garer, dans une rue adjacente. Il respira longuement avant de quitter l'habitacle de sa voiture, bâilla une nouvelle fois. Dehors, l'air embaumait l'herbe fraîchement coupée. Michel espéra ne pas oublier de remercier le maire – un membre de la coopérative – de les accueillir ainsi dans la salle commune du village. Une main atterrit sur son épaule.

— Salut Michel, tu vas bien ?

Aude, une jeune agricultrice d'une trentaine d'années habitant la ferme voisine de celle de Michel, lui sourit.

— Prêt à affronter les « sang-chaud » ?

C'est ainsi qu'elle les avait surnommés à l'issue de cette terrible séance, cinq mois auparavant, se rangeant immédiatement aux côtés de Michel.

Installée depuis deux ans, Aude élevait une quarantaine de vaches laitières et une vingtaine de génisses, et souhaitait s'investir dans la coopérative pour développer de nouveaux produits laitiers – fromages et yaourts essentiellement. Michel la soutenait, conscient que la diversification était la clé de la réussite et que les clients étrangers, friands de fromages AOC, étaient prêts à payer le prix pour obtenir des produits de qualité.

Michel fit la moue, haussa les épaules, mais ne répondit pas. Il esquiva le sujet :

— Comment vont tes enfants ?

— C'est le début des vacances, pas facile pour travailler... Heureusement ils partent une semaine chez leurs grands-parents. Et toi, félicitations ! Il paraît que Romain va faire le Tour de France ?

Michel sourit :

— Juste une étape, avant les pros. C'est une initiative pour encourager la jeunesse dans ce sport. Il a de la chance... du talent aussi, c'est vrai !

— Tu le féliciteras de ma part, promis ?

La salle, pleine à craquer, était surchauffée malgré les fenêtres grandes ouvertes. La réunion n'avait pas encore commencé. Michel repéra immédiatement Pascal au premier rang, entouré de ses fidèles lieutenants. Il remonta l'allée, salua quelques adhérents puis s'assit à côté de l'un d'eux, au bout d'une rangée. Un nouvel administrateur, Alain Deshaie, était chargé d'ouvrir la réunion. Il venait d'être nommé responsable administratif et financier. Michel le connaissait peu et avait rendez-vous avec lui dix jours plus tard, pour faire le point sur les finances. Alain Deshaie se dirigea vers l'estrade – une marche en bois glissée derrière le trépied du micro. Grand, sec, il paraissait déterminé. Il empoigna le micro à deux mains.

— Bonjour à toutes et à tous. Heureux de vous accueillir au complet, pour une réunion exceptionnelle…

Il marqua volontairement une pause.

— Comme vous le savez tous, l'image de notre métier se dégrade chaque jour un peu plus. On nous accuse à longeur de temps de polluer les sols, d'empoisonner les cultures ; on nous accuse de vider les cours d'eau, de polluer les nappes phréatiques ; on nous accuse de réduire les bêtes à de simples moyens de production, de générer des nuisances au niveau du voisinage… Bref, on rejette sur nous toutes les fautes, et la pollution est la pire des accusations… Je refuse de laisser ce discours se normaliser.

Alain se tut, reprit son souffle. La salle attendait, silencieuse. Michel croisait et décroisait les jambes, nerveux.

— Dans quelques jours, le Tour de France passera chez nous, sur nos routes. Parmi les équipes engagées se trouve une nouvelle équipe, Betagreen IDS, fondée par un milliardaire américain. Ce dernier dirige le groupe mondial Betagreen, leader sur le secteur de l'agrochimie, qui possède des filiales réparties sur les cinq continents. Vous avez tous reçu cette semaine différents rapports sur ce groupe : historique, déploiement mondial, stratégies, gammes de produits… Déjà présent dans certains pays d'Europe, Betagreen souhaite installer une filiale en France pour développer ses produits, notamment les herbicides et les fongicides. Les bruits courent que la filiale va s'installer près de Niort. Plusieurs journaux locaux ont déjà publié des articles sur le sujet, et comble du comble, la filiale bénéficierait d'aides publiques pour s'implanter dans notre région…

Alain but quelques gorgées d'eau et reposa lentement la bouteille en plastique sur une table à côté de lui. Il prit une inspiration et poursuivit :

— À plusieurs reprises, ce patron américain a été assigné en justice, dans son propre pays, pour ses méthodes agressives et illégales : pression sur les distributeurs, produits dangereux pour les utilisateurs, non-respect de la concurrence, etc. Si nous n'agissons pas maintenant, le marché français va être dynamité de l'intérieur. Nous ne pouvons pas laisser un patron-voyou américain décider à notre place !

Alain détacha chaque syllabe avec énergie, le micro collé à ses lèvres.

— Son équipe cycliste, Betagreen IDS, n'est qu'un moyen pour lui de se créer une image sportive, saine, verte et écolo. Bref, un écran de fumée pour cacher ses agissements en matière d'environnement. Pour information, les Pays-Bas, qui comptent une filiale depuis quatre ans, ont élu Betagreen IDS entreprise la plus polluante du pays !

Brouhaha dans la salle. Au fond, un homme se leva. Alain lui fit signe de parler. L'homme éleva la voix pour se faire entendre :

— Je refuse qu'une filiale de Betagreen s'installe en France. Il est de notre devoir de prévenir les autorités des risques environnementaux liés à ce projet. Mais tu parles d'une équipe qui emploie huit coureurs, dont trois Français, et qui n'ont rien à voir avec ce que fait leur patron. Tu peux m'expliquer le rapport ?

Tous les visages se retournèrent vers Alain. Il s'apprêtait à répondre lorsque Pascal, bondissant de son siège, lui arracha le micro tout en lui désignant, d'un index menaçant, sa chaise vide. Surpris, Alain obéit sans un mot. Dans un silence religieux, Pascal prit le temps d'observer toute la salle. Petit, trapu, son crâne chauve brillait par intermittence sous les néons. Il vérifia que le fil du micro lui permettait de se déplacer et s'approcha des participants.

— Nous avons écrit plusieurs courriers au ministère de l'Agriculture pour les avertir. Aucune réponse, rien, zéro, nada. Il est temps de passer à la vitesse supérieure. Le 8 juillet, le Tour de France roulera sur nos terres. La couverture médiatique de cet événement est de portée nationale et internationale. Je vous rappelle que le Tour est diffusé dans cent quatre-vingt-dix pays, que chacune des étapes est retransmise en direct sur France 2, qu'il pleuve, qu'il neige ou que le Tour soit interrompu par la grêle comme l'an dernier. Nous devons utiliser cette présence médiatique pour, enfin, nous faire entendre.

Michel serra les dents. S'il était d'accord sur le fond, il redoutait la forme qu'allait prendre cette communication. Pascal se tourna vers lui :

— Cette fois, finies les manifestations gentillettes avec des banderoles peintes à la main que personne ne lit…

Ses yeux le défiaient.

— Il faut envisager une action à grande échelle. Il faut… interrompre le Tour.

Vacarme dans la salle. Pascal tenta d'y mettre fin à plusieurs reprises, sans succès. Les participants débattaient en petits groupes, voix tendues, impatientes. Pascal frappa dans ses mains et poursuivit en forçant la voix :

— Interrompre l'étape cinq minutes, le temps d'expliquer nos revendications, sera suffisant pour que l'on parle de nous. Il n'est pas question de s'en prendre aux coureurs, encore moins à ceux de l'équipe Betagreen IDS. Il faut bloquer la course après le passage de la caravane publicitaire et des juniors. Comment ? En érigeant une barricade de meules de foin sur la D939, entre Croix-Chapeau et Aigrefeuille. Facile à monter et à démonter, cela permettra une action coup de poing, sans danger, mais qui sera obligatoirement couverte par les médias. Nous leur enverrons à tous – télé, presse, radio – un communiqué pour détailler nos revendications. Rapidité, sécurité, voilà les mots d'ordre. Il y a des volontaires ?

Le sang de Michel ne fit qu'un tour. Il se leva et s'approcha de Pascal.

— À mon tour de m'exprimer.

Pascal tenait le micro serré contre son torse, bras replié dessus. Il se tourna vers la salle, hurla :

— Des volontaires ?

Un par un, des hommes et des femmes se levèrent. Aucun ne regardait Michel. À sa grande stupéfaction, plus des deux tiers de la salle se mirent debout. Le visage de Michel pâlit. La mâchoire serrée, il laissa le micro à Pascal, qui poursuivit à l'attention des volontaires, toujours en hurlant :

— Rendez-vous à vingt heures demain soir, chez moi, pour mettre au point notre action. Venez nombreux. On ne peut plus se permettre d'attendre sans rien faire !

Pascal tendit finalement le micro à Michel et fit signe aux volontaires de le suivre. La salle se vida en quelques secondes. Ne restait qu'une poignée d'adhérents, visiblement gênés par la tournure des événements. Michel, dépité, resta debout, les bras ballants.

*

Pleins phares, Michel s'engagea à vive allure sur la route en mauvais état qui menait à sa ferme. Soudain, il pila net. En sens inverse, la Twingo de Claire, la copine de Romain, freina et se rangea sur le bas-côté pour le laisser passer. Arrivé à sa hauteur, ce dernier ouvrit sa fenêtre :

— Salut Claire. Tu repars déjà ?

— Le champion a besoin de repos ! Et toi, ta réunion à la coop ?

Michel fit la grimace :

— Pas terrible…

Claire avait rencontré Romain dix mois plus tôt, en démarrant ses études. Tous deux étudiaient à Cherves-Richemont, près de Cognac. Lui avait démarré un BTS analyse et conduite des systèmes d'exploitation, elle suivait la même formation, mais adaptée au monde équin. Elle rêvait de diriger un haras. Elle joua avec son collier, regardant la route devant elle.

— On se voit sur le Tour ?

Michel éluda la question.

— Rentre bien, sois prudente.

Michel enclencha la première et roula doucement jusqu'à la ferme. Il aimait bien Claire. Sa passion pour les chevaux était contagieuse, sa détermination à tracer sa route forçait le respect. Une bûcheuse avec de l'humour. Romain était chanceux.

Michel sortit de la voiture et aperçut son fils, assis sur la terrasse, devant les restes du dîner. Il buvait une bière, éclairé par la lanterne au-dessus de la porte d'entrée. Michel s'assit près de lui. Romain lui tendit une canette fraîche. Michel la vida d'un seul trait. Tous deux fixaient l'horizon – dans cette région, la terre était plus plate que le dos d'une main. Le ciel, dégagé, était légèrement plus clair à l'ouest. Malgré l'heure tardive, l'air était encore chaud.

Romain se tourna vers son père :

— Alors, la coop ?

Michel soupira longuement, passa sa main dans ses cheveux, fatigué.

— C'est n'importe quoi… Ils veulent arrêter le Tour pour se faire entendre.

Romain tressaillit. Il se redressa en un éclair, se pencha vers son père, et cria :

— Ils veulent obliger les cyclistes à mettre pied à terre ?

La détresse de son père était visible. Romain baissa d'un ton :

— Mais pourquoi s'en prendre au Tour ?

— Pascal a mis la plupart des adhérents dans sa poche. Ils veulent dénoncer l'implantation en France d'une filiale de Betagreen, propriétaire de l'équipe Betagreen IDS…

— C'est n'importe quoi ! Et toi, qu'est-ce que tu as dit ?

— Rien… Je n'ai rien pu dire…

Romain, fou furieux, se leva. Sa chaise se renversa.

— Tu comptes vraiment les laisser faire sans réagir ?

5

JOURNAL INTIME [1]

Enfant, ma mère m'enfermait tous les soirs dans ma chambre. Parfois, elle restait accroupie derrière la porte. J'entendais son souffle court, parfois un gémissement. Parfois, elle recevait des gens. Le bruit de leur conversation faisait une bouillie de sons indistincte, mêlée de cris. Parfois, elle quittait la maison, appuyait trop fort sur l'accélérateur et les pneus de la voiture projetaient des graviers sur la porte d'entrée. Je savais qu'elle ne reviendrait pas avant de longues heures. Je ravalais ma peur, ouvrais la fenêtre et attendais que mes yeux s'habituent au noir. Je retirais mes chaussettes pour ne pas glisser, je me mordais le bras pour me donner du courage et j'escaladais la fenêtre. Il me fallait poser mes pieds sur de très légers renflements de façade, le bout des doigts recroquevillés sur le mince crépi. Je bloquais ma respiration, poumons vides pour peser moins lourd.

En bas, j'errais dans la maison à la recherche de nourriture. À six ans, je n'étais pas bien gros. Parfois, je trouvais un bout de pain, un légume noirci, une biscotte, un peu de sucre. Je me collais au poêle pour me réchauffer. Ma plus grande peur était de m'endormir et que ma mère me surprenne. Je me mordais à nouveau le bras, à un autre endroit pour ne pas laisser de trace, et je remontais dans ma chambre.

Une fois, j'ai glissé et je suis tombé depuis le premier étage. J'ai eu une bosse énorme sur la tête, un bleu sur la tempe. Ma mère n'a rien vu sous mon bonnet. La maîtresse m'a demandé de rester dans la classe pendant la récréation. Comme un animal pris au piège qui se précipite de toutes ses forces contre les barreaux, je me suis mordu les joues jusqu'au sang. J'ai bafouillé que j'étais tombé du lit. Je n'ai pas voulu retirer mon bonnet. Elle m'a posé plein de questions, d'une voix pleine de douceur, pleine de tendresse. Cette voix si douce, si tendre me faisait incroyablement mal. Elle m'arrachait une carapace que j'avais prise pour ma peau et qui s'avérait n'être en réalité qu'une protection sans intérêt. Je me suis mis à paniquer en me demandant ce qu'il y avait dessus. Je me suis encore mordu la langue, pour qu'aucun mot ne s'échappe, mes dents comme une prison.

C'est ce jour-là que mes vrais ennuis ont commencé.

JOUR DE REPOS

LUNDI 6 JUILLET

6

ENTRAÎNEMENT DES JUNIORS

Michel s'éveilla tard. Il avait peu dormi ; il s'était tourné et retourné dans son lit, et avait fini par s'assoupir aux premières lueurs du jour. Le visage chiffonné, l'humeur sombre, il descendit dans la cuisine, pestant contre le soleil déjà haut dans le ciel. Visiblement, Romain avait déjà pris son petit-déjeuner, laissant traîner un bol sale dans l'évier. Par la fenêtre de l'arrière-cuisine, Michel constata que sa Fiat Panda n'était plus là. Le café était froid. Résigné, il le versa dans un mug et s'assit, regard éteint sur les miettes de biscotte et la forme géométrique d'une tache de lait sur la toile cirée.

Plus que deux jours avant le passage du Tour.

*

Au même moment, Romain accéléra, forces décuplées par la colère. À une centaine de mètres devant le groupe, il espérait pouvoir finir la sortie d'entraînement seul en tête. Encore vingt bornes. À peine dix heures du matin et la chaleur était déjà pesante. Il but quelques gorgées puis se retourna. Thomas avait lâché le *gruppetto*[1] et essayait de revenir à sa hauteur. Tout en noir dans sa nouvelle tenue, spécialement fournie par Continental pour l'étape des Juniors du Tour, Thomas se mit en danseuse pour le rattraper. Derrière, il entendit Marc Roche, le coach, klaxonner plusieurs fois pour que le gruppetto accélère. Ils devaient encore contourner Surgères, prendre la D911 puis tourner sur la D112 pour atteindre Aigrefeuille.

Le matin, en arrivant à l'entraînement, Romain avait retrouvé deux anciens copains de lycée devant le club. De retour chez eux pour les vacances, ils avaient entendu parler de la sélection junior et étaient venus encourager les champions. Debout, mains dans les poches, ils blaguaient, parlaient de célébrité, de vie de star, échangeaient les dernières nouvelles du Tour.

— Je parie qu'Alaphilippe sera toujours en jaune après les Pyrénées.

— Ça mon vieux, pas difficile : on en est tous convaincu. Mais après les Alpes et les Vosges, tu y crois encore, toi, au jaune sur le dos de Julian ?

Romain avait haussé les épaules :

— Bien sûr que j'y crois ! Avec l'hiver qu'il a passé et le début de saison prometteur, bien sûr qu'il va garder le jaune ! Et jusqu'à Paris ! Parce que c'est ça qui compte cette année : un Français vainqueur du Tour. Ça n'est pas arrivé depuis Bernard Hinault, en 1985 !

1. Terme emprunté à l'italien, qui signifie « petit groupe ». Il s'agit des cyclistes distancés par le gros du peloton (souvent en montagne) qui se réunissent pour effectuer la course dans de bonnes conditions, et surtout dans les délais impartis.

L'un des garçons, le visage méchamment rougi par un coup de soleil, donna un coup de coude à Romain :

— Tu vas lui demander un autographe ?

Romain fit le fier :

— Bien sûr, on a déjà pris rendez-vous pour une séance de dédicaces. Il attend que je confirme le rendez-vous !

Marc était arrivé à ce moment-là, un thermos de café à la main. L'odeur de son déodorant le précédait. Il proposa son café, une mixture immonde que tout le monde redoutait. Dans la région, Marc connaissait tous les jeunes, cyclistes ou pas. C'était un enfant du pays, passionné de deux-roues, qui avait tenté sa chance jeune, mais n'avait pas réussi à percer. Quelques victoires régionales et nationales, deux ans chez les pros puis plus aucun renouvellement de contrat. Il était devenu prof de sport, et entraînait l'USAC depuis des années, de façon bénévole. Cette sélection pour le Tour Junior l'avait galvanisé. Il ne dormait plus depuis une semaine et harcelait les juniors de recommandations. Ces derniers ne s'en formalisaient pas, conscients de leur chance.

Thomas remonta à la hauteur de Romain. L'accélération lui avait donné chaud, son front luisait sous le casque. La nouvelle tenue le faisait paraître encore plus grand, plus sec. Romain se tourna vers lui :

— T'es venu jusqu'ici pour perdre ?

— Je te rappelle que dans deux jours, il ne s'agit pas de gagner l'étape, juste de partager un podium tous ensemble. Ni chronométrage ni classement final, tu t'en souviens ?

Romain accéléra en serrant les dents. Il hésitait à parler à Thomas de la possible interruption de l'étape par les adhérents de la coopérative. Il augmenta encore sa cadence de pédalage. Quelle foutue idée ! Rien de pire que cette action pour discréditer la coopérative et desservir l'image des agriculteurs auprès de la population – image déjà bien terne…

Les dix kilomètres suivants, Romain et Thomas luttèrent pour arriver en tête, se relayant régulièrement dans un ballet parfaitement rythmé. Derrière, Marc klaxonnait à intervalles réguliers et les juniors conservaient une bonne cadence. Il n'était pas question de les épuiser avant l'étape, seulement de repérer le parcours et ses difficultés – plutôt rares, sur ce terrain plat. À cinq kilomètres d'Aigrefeuille, Romain et Thomas ralentirent d'un commun accord. Près de la mairie toute rénovée de Croix-Chapeau, dans la cour de l'école, des enfants se précipitèrent pour voir passer les cyclistes et les applaudirent. Marc ralentit et les salua. Plus loin, aveuglé par les façades blanches des maisons du centre du village, Thomas remit ses lunettes de soleil, s'aspergea la tête à travers les ouvertures du casque. La météo s'annonçait belle et chaude pour les trois prochains jours. La canicule un moment annoncée s'était transformée en chaudes journées d'été, avec ciel immaculé et faible taux d'hygrométrie dans l'air, pour le plus grand soulagement de tous – coureurs, agriculteurs, touristes.

Juste avant la sortie de Croix-Chapeau, Thomas relança la vitesse et sema rapidement le groupe, toutes ses pensées tournées vers l'étape à venir. Soudain, il entendit des cris provenant du côté droit de la route. Il regarda rapidement autour de lui, sans rien remarquer. Alarmé par ces hurlements de douleur, il freina puis s'arrêta. Très vite, posant son vélo contre un vieux mur de pierre, il courut en se guidant vers la source des cris : un jardin en bordure de route, devant une maison aux murs blancs et aux volets marron. Il poussa une barrière de bois et découvrit une femme âgée, allongée au sol, qui hurlait par intermittence tout en essayant de chasser le nuage de guêpes qui volaient autour d'elle. Son visage était anormalement gonflé.

Thomas fouilla dans sa poche à la recherche de son portable. Il composa le numéro des secours tout en essayant d'éloigner les guêpes qui harcelaient la femme. Il fut assailli à son tour, et se fit immédiatement piquer. Il eut soudaint la sensation quel quelqu'un se trouvait derrière lui. Il se retourna, mais ne vit que la façade décrépie, la porte entrouverte et l'obscurité à l'intérieur. Les cris de la vieille dame redoublèrent, et son visage prit une teinte violacée. Elle semblait manquer d'air. Thomas se mit à paniquer, ne sachant que faire. Au téléphone, on lui avait confirmé qu'une équipe était déjà en route et serait sur place d'ici quelques minutes.

Marc, apercevant le vélo de Thomas sur le bas-côté, gara rapidement sa voiture. Ayant entendu les hurlements, il pénétra dans le jardin, courut vers la vieille dame et dispersa les dernières guêpes. Soudain, tout le corps de la victime fut secoué de spasmes. Entendre la sirène des secours fut un immense soulagement. Étrangement, à ce moment précis, le temps se mit à ralentir : Thomas vit le visage de la vieille dame se contracter avec une lenteur monstrueuse, sa bouche se tordre, lentement, si lentement… Puis il sentit qu'on le bousculait, et un homme en veste jaune fluo l'invita à s'éloigner tandis que plusieurs blouses blanches s'agitaient autour de la femme. Marc proposa à Thomas de s'éloigner et ils se dirigèrent tous deux vers sa voiture, juste à côté de celle du Samu dont les gyrophares bleus illuminaient la rue. Devant eux, les secours emmenèrent la grand-mère dans un inquiétant ballet de blouses blanches, de matériel médical et de portes claquées, sur fond de sirènes braillantes.

Les autres jeunes du groupe, effrayés, rejoignirent Thomas en silence. Allait-elle s'en sortir ?

*

Une fois au club, Marc proposa de poursuivre l'entraînement par une séance de foot, pour détendre l'atmosphère et reconcentrer les juniors sur l'étape à venir, en leur faisant oublier l'incident. Il répartit les garçons en deux équipes et distribua des maillots. Pendant plus d'une heure, il leur imposa un rythme soutenu sur le stade situé juste derrière le local du club : relais, transitions, vitesse, coordination... Le soleil, haut dans le ciel, tapait dur. À midi, Marc mit fin à la séance. Épuisés, les jeunes avaient évacué la tension de la matinée.

Après une douche rafraîchissante, ils sortirent les bancs et les chaises du vestiaire et déjeunèrent à l'extérieur, à l'ombre du bâtiment. Thomas eut du mal à avaler sa salade de pâtes. Il revoyait le visage de la vieille dame, ses yeux suppliants, la couleur de sa peau, et cette bouche tordue par la douleur... Il se leva brusquement pour vomir un peu plus loin, parmi les herbes hautes. Romain courut le rejoindre, l'aida à se redresser.

— Tu as pris un coup de chaud ?

Thomas s'épongea le front, en sueur. Il frissonna :

— Non. Je revois son visage…

Romain lui donna un coup de poing dans l'épaule :

— Te laisse pas impressionner. Des piqûres de guêpes, j'en ai vu des dizaines… C'est jamais beau à voir, et les réactions allergiques sont impressionnantes. Tu as fait ce qu'il fallait, tu as immédiatement prévenu les secours et tué les dernières guêpes. Tu lui as sans doute sauvé la vie.

— Si elle est encore en vie… soupira Thomas, blanc comme un linge.

— Allez, viens t'asseoir. Oublie ça, pense à notre étape dans deux jours. Tu vas rouler près des pros, tu te rends compte ?

Thomas sourit. Mais il sentait au fond de lui une peur oppressante, comme une ombre tapie. Il essayait de se raisonner : il avait déjà vu des accidents, des morts aussi. Ou plutôt un seul : son grand-père maternel. Enfant, il était rentré dans la chambre aux volets clos où reposait son corps, sa mère l'avait poussé vers le lit pour qu'il embrasse son aïeul et il avait dû s'exécuter, à contrecœur. Il avait retenu son souffle, avait embrassé l'air, refusant de toucher la peau sans vie de cet homme allongé qu'il ne reconnaissait pas, et s'était enfui à toutes jambes, honteux. Aujourd'hui, il ressentait la même honte, comme s'il portait la responsabilité de ce qui venait de se passer…

Romain veilla sur lui pendant tout le déjeuner, et parvint même à le faire rire – une contrepèterie idiote sur le vélo et le maillot jaune.

*

Après le déjeuner, Marc fit le débrief tactique de l'étape à venir et rappela les dernières consignes : tenues, horaires, itinéraire, programme… Ils devaient tous se retrouver deux jours plus tard, à sept heures du matin, pour partir avec la camionnette et la voiture du club à Châtelaillon, à dix-sept kilomètres. Les deux véhicules accompagneraient les juniors tout au long de l'étape, pour leur fournir des vélos ou des roues en cas de casse ou de crevaison. Le départ officiel était programmé à dix heures. Juste avant aurait lieu la traditionnelle séance de presse – et Marc débriefa les juniors sur les propos à tenir, insistant sur l'esprit de compétition, le respect de l'adversaire et des règlements, la loyauté. Anthony, son tatouage bien visible sous son cuissard, lança quelques propos ironiques à propos d'une vieille rumeur de dopage qui courait au sujet de Marc – rumeur qui n'avait jamais été vérifiée, mais qui continuait de poursuivre l'intéressé. Marc le rappela sèchement à l'ordre et l'invita à vérifier une nouvelle fois tout le matériel nécessaire à l'étape.

Son sac bouclé, Thomas consulta son portable en attendant que Romain ait fini le sien. Michel, le père de Romain, lui avait proposé de l'héberger jusqu'à la course, et Thomas, reconnaissant, lui avait promis de l'aider à la ferme ; l'été était toujours une période surchargée. Soudain, Thomas entendit Romain s'énerver. Il leva la tête et l'aperçut en train de pointer un index accusateur sur la poitrine de Marc. Ce dernier posa une main sur l'épaule de Romain, puis discuta longuement. Thomas, intrigué, tenta de lire sur leurs lèvres, mais la lumière du dehors, vive, l'en empêcha. Dans le vestiaire, tous les cyclistes s'étaient tus. Puis Romain, un masque de colère sur le visage, aboya le nom de Thomas et partit à pas vifs retrouver sa Fiat Panda, garée un peu plus loin. Thomas salua les garçons, puis Marc, qui était visiblement nerveux, et rejoignit enfin Romain à grandes enjambées.

Coincé derrière une voiture sans permis, Romain fulminait :

— Arrêter le Tour, tu y crois, toi ? Allez pépère, avance !!!

Il klaxonna à plusieurs reprises à l'attention du conducteur devant lui.

— Pff, même à vélo, je vais plus vite. J'y crois pas…

Thomas suait à grosses gouttes. L'habitacle de la voiture, qui n'avait pas de clim, était brûlant et sentait la bière chaude de mauvaise qualité. La veille, en ramenant un pack de douze, Romain avait cassé une bouteille, qui avait généreusement imprégné la banquette arrière. Mal au cœur garanti. Thomas s'épongea. Ses cheveux noirs, trempés, formaient de petites boucles juste au-dessus de ses oreilles. Il regarda Romain, les mains blanchies sur le volant :

— Il se passe quoi, là ?

— Marc ne veut rien faire pour éviter la neutralisation de la course : il ne veut pas être mêlé à ça. Tu te rends compte ?

Thomas fit la moue. Il ne se sentait pas vraiment concerné, il ne croyait pas trop à ces on-dit. Il les considérait comme de l'intox, destinée à galvaniser la colère des agriculteurs. Il demanda toutefois :

— Ton père va faire quelque chose ?

— J'en sais rien. Mais une chose est sûre : si je vois un seul type se mettre en travers de ma route, je peux t'assurer qu'il n'y restera pas longtemps. Je suis prêt à faire parler les poings. Alors que Marc ne vienne pas la ramener avec sa morale à deux balles...

— C'est quoi au fait, cette histoire de dopage ? Ça fait des années qu'on en entend parler... Tu es au courant ?

Romain se calma, mit un peu de distance entre la voiture sans permis et la sienne. La route, étroite, l'empêchait de doubler.

— Pas vraiment... Je crois que ça date de la fin de son premier contrat pro. Il aurait été contrôlé positif, mais aurait porté plainte pour non-respect de la procédure... Enfin, c'est ce que j'ai entendu dire. À vrai dire, je n'ai pas cherché à en savoir plus...

Romain ralentit pour prendre à gauche vers la ferme familiale, près de Virson, au nord d'Aigrefeuille. Il se gara près de l'arrière-cuisine, juste à côté de la voiture de son père. Thomas descendit en claquant la portière, blême.

— Cette odeur...

Sa nausée ne l'avait pas quitté depuis le déjeuner.

— Laisse ouvert pour aérer...

Devant la ferme, ils aperçurent, au-dessus de la haie, la terre soulevée par la moissonneuse. Michel poursuivait la récolte d'escourgeon, démarrée la veille et destinée à nourrir les bêtes de la ferme. Chaque année, cette première moisson signait le départ des autres, synonyme d'une période de travail intense. Romain ouvrit la porte, en remontant ses lunettes de soleil sur ses cheveux courts :

— Je vais aider mon père. Tu dors dans la chambre jaune. Repose-toi, tu l'as bien mérité.

*

Ils dînèrent au soleil couchant, l'air encore saturé de la poussière soulevée par la moissonneuse. Thomas avait préparé une salade avec de la salicorne de l'île de Ré, des œufs durs et de grandes tartines de tapenade. Il raconta à contrecœur l'incident de la matinée à Michel, les guêpes et l'arrivée des secours. Il passa volontairement sous silence la douleur sur le visage de la femme, sa peau violacée, ses cris étouffés par le manque d'oxygène. Là encore, il ne put avaler le dessert et recula sa chaise pour reprendre ses esprits. Mais au-delà de ses souvenirs angoissants, Thomas perçut une tension très vive entre Michel et Romain. Un court instant, le pineau frais détendit l'atmosphère, mais très vite, Romain lança avec agressivité :

— J'ai prévenu Marc pour la course. Il sait que l'étape risque d'être interrompue.

Le visage de Michel accusait une grande lassitude. Il ne répondit pas, avala plusieurs gorgées de vin. Romain, en colère, poursuivit :

— Si la gendarmerie a vent de vos projets, elle réagira avant qu'il ne soit trop tard.

Michel posa son verre avec force, qui éclaboussa la table. Thomas retint son souffle. Il craignait les colères de Michel.

— Ce n'est pas mon projet, mais leur projet, c'est compris ? Et sur cette étape, Marc sera devant, avec vous : il ne pourra pas faire grand-chose !

Un aigle, passant au-dessus d'eux ailes déployées, lança son cri perçant. Romain fixait l'horizon, l'air buté. Il portait un tee-shirt gagné sur une épreuve de fixies[1] l'été dernier. Il s'épongea le front dans son épaule droite, les muscles roulant sous sa peau bronzée.

1. Vélos sans frein ni changement de vitesse.

Fixant le verre qu'il portait à la main, Michel murmura à voix basse, comme à lui-même :

— Je n'ai rien pu faire. Ils ne m'ont même pas écouté… Pascal les a tous mis à sa botte. Il n'y a plus rien de collectif dans cette décision… Si ça continue…

Il se tut, visiblement effrayé par cette perspective. Son fils se tourna vers lui :

— Tu iras voir la gendarmerie, au moins ?

Michel se contenta de fixer son verre vide.

ÉTAPE 10

ÎLE D'OLÉRON – ÎLE DE RÉ

MARDI 7 JUILLET

7

THOMAS

Thomas, dans la chambre jaune, passa une nuit agitée. Il revoyait sans cesse la scène à laquelle il avait assisté, et erra entre cauchemars et rêves étranges pendant de longues et interminables heures. Lorsqu'il descendit prendre son petit-déjeuner vers huit heures, il était épuisé.

En entrant dans la cuisine, il sursauta. Deux gendarmes en tenue, l'un assis en face de Michel, l'autre debout près de Romain, le dévisageaient. Tous les quatre s'étaient arrêtés de parler en le voyant entrer. Le gendarme qui était debout s'approcha de lui. Thomas regretta d'être descendu vêtu d'un simple caleçon, troué de surcroît.

— Adjudant-chef Berthet, de la brigade d'Aigrefeuille-d'Aunis, et l'adjudant Clément. Vous êtes ?

— Thomas Rivaille… un ami de Romain.

L'adjudant-chef haussa un sourcil :

— Vous avez un lien avec Julien Rivaille, qui dirige la gendarmerie de Saint-Martin ? Et Henriette Rivaille, sa mère ?

— Julien est mon père.

Berthet esquissa un sourire, mais ne fit aucun commentaire. Il invita Thomas à s'asseoir et s'installa en face de lui, juste à côté de son collègue qui promenait un regard inquisiteur sur toute la pièce. Thomas, en s'asseyant, dévisagea Romain pour obtenir quelques infos sur la raison de leur présence, mais ce dernier regardait ailleurs. Michel, lui, fixait ses mains posées sagement sur la table, comme mortes, des cernes bleuis sous les yeux. Avait-il prévenu les gendarmes de la manifestation des agriculteurs ?

Berthet demanda à Thomas, d'une voix autoritaire :

— C'est bien vous qui avez porté secours à madame Roy, hier, à Croix-Chapeau ?

La surprise pouvait se lire sur le visage du jeune homme. Après quelques secondes, il hocha la tête pour confirmer.

— Pouvez-vous nous raconter en détail ce qui s'est passé ?

Thomas sentit son cœur s'accélérer. Avec un père gendarme, il devinait les motifs de leur présence.

— Elle… elle est… morte ?

L'adjudant-chef poursuivit d'une voix plus douce :

— Madame Roy est décédée en arrivant à l'hôpital. Les médecins n'ont rien pu faire.

Thomas ferma les yeux.

— Elle est morte après un choc allergique dû aux piqûres de guêpes.

Berthet se tut, attendit un long moment, si long que Thomas finit par rouvrir les yeux. L'adjudant prit un verre sur la table et se leva pour le remplir au robinet. Il le tendit à Thomas et se rassit.

— Vous pourriez nous raconter ce qui s'est passé ?

Thomas prit une longue inspiration.

— Eh bien… Je m'entraînais à vélo, quand j'ai entendu des cris. Je me suis arrêté. Comme ça venait du jardin de madame… Roy, j'ai ouvert la barrière et je suis entré. J'ai vu madame Roy allongée par terre, avec plein de guêpes autour d'elle. J'ai tout de suite appelé les secours, j'avais mon portable dans la poche de mon maillot. Au téléphone, ils m'ont dit qu'ils arriveraient rapidement. Je chassais les guêpes en même temps avec mon bras libre et je me suis fait piquer.

Thomas montra son avant-bras, mais toute trace de piqûre avait disparu. Il continua :

— Marc est arrivé très vite, il m'a aidé pour les guêpes. Madame Roy s'étouffait, elle… elle essayait de trouver de l'air.

Il se tut, asphyxié lui aussi par ce souvenir. Il se redressa pour mieux respirer, but quelques gorgées d'eau.

— Les secours sont arrivés très vite, et ils l'ont emmenée.

Thomas interrogea du regard Berthet. Que voulait-il savoir d'autre ? Le gendarme se pencha vers lui :

— Vous étiez seul dans la rue en arrivant ? Vous avez vu quelqu'un ?

La technique de la double question, pour éviter d'influencer l'interrogé…

— Je n'ai vu personne et j'étais seul dans la rue : j'en suis sûr, parce que cette rue est une longue ligne droite. J'étais tout seul.

— La porte était-elle ouverte ou fermée ?

— La barrière ? Je l'ai ouverte, je crois…

— Non, la porte de la maison.

Thomas fixa son verre d'eau, concentré. Michel et Romain fixaient alternativement Berthet puis Thomas, intrigués par la tournure que prenait l'interrogatoire. Quinze minutes plus tôt, les deux gendarmes étaient arrivés sans prévenir, et Romain avait été surpris de voir la voiture bleue s'immobiliser devant la ferme. Il s'était tourné vers son père, qui versait le café dans leurs mugs :

— Alors, tu l'as fait ? Tu as prévenu la gendarmerie ?

Michel, inquiet, avait secoué la tête, sursautant au coup de sonnette.

— Je crois… je crois qu'elle était ouverte, reprit Thomas. C'était sombre à l'intérieur… À un moment…

Thomas se tut. Berthet attendit, puis le questionna :

— Oui ?

Thomas haussa les épaules, soupira :

— Non, rien. De toute façon, j'ai été vers madame Roy qui hurlait, je n'ai pas vraiment fait attention au reste.

Berthet se tourna vers son collègue, qui lui fit un rapide signe de tête.

— Nous irons voir votre entraîneur ce matin, avec le commandant de la brigade de recherches d'Angoulême, qui se joint à l'enquête. Romain, vous étiez aussi sur place ?

Romain, le regard assuré, regarda l'adjudant droit dans les yeux.

— Je suis arrivé presque en même temps que Marc, et je l'ai suivi dans le jardin. Les autres du club ont attendu dans la rue, près de la voiture. Le Samu est arrivé très vite.

— À part madame Roy, Marc et votre équipe de cyclistes, y avait-il d'autres personnes ?

— Non. C'est seulement quand l'ambulance est arrivée que les voisins d'en face sont sortis de leur maison. C'est tout. Tout ça s'est passé très vite.

— Lorsque vous êtes entrés dans le jardin, comment étaient les fenêtres de la maison ?

Romain se gratta la tête, indécis.

— Je ne sais pas. Comme ça, je dirais que la maison m'a paru très sombre… en mauvais état… rien d'autre.

L'adjudant-chef se mit debout et marcha vers la fenêtre. Il regarda un instant dehors. Son collègue ne bougeait pas, regardant alternativement Michel, Romain et Thomas. Berthet se rapprocha de la table :

— Je sais que ce n'est pas facile, mais pouvez-vous me décrire le corps de madame Roy ?

Thomas sursauta. Berthet le pointa du doigt.

— Racontez-nous.

— Je… Elle… Elle agitait ses bras pour chasser les guêpes. Elle n'avait pas beaucoup de force. Il n'y avait que ses bras qui bougeaient…

— Les guêpes attaquaient à quel endroit ?

— Plutôt la tête, ou le haut du corps… C'est dur à dire, il y en avait partout. Quand j'y repense, les guêpes faisaient un bruit terrible, très fort.

— Vous avez quand même entendu l'ambulance ?

— Oui, après. Mais à ce moment-là, quand elle est arrivée, il y avait moins de guêpes. On avait réussi, grâce à Marc, à les éloigner.

Berthet fixa Romain :

— Et vous, vous avez vu des guêpes sur madame Roy ?

Romain répondit sans hésitation :

— Non, il n'y en avait plus quand je suis arrivé.

L'adjudant Clément, les épaules larges et la mâchoire carrée, émit quelques borborygmes. Thomas dut tendre l'oreille pour comprendre ses paroles :

— Monsieur Rivaille, diriez-vous que les guêpes étaient plutôt sur la poitrine ou la tête de la victime ?

Berthet le coupa immédiatement :

— Veuillez répondre, s'il vous plaît.

Thomas prit une nouvelle fois le temps de réfléchir.

— Je ne sais pas. Les deux. Ça faisait un nuage noir, qui se déplaçait en fonction des mouvements qu'on faisait pour les chasser. Il y en avait sur… sur elle, mais partout aussi…

Il frissonna. Berthet s'avança et se mit debout près de Michel.

— Monsieur Delage, est-ce que vous connaissiez madame Roy ?

Michel se retourna et regarda le gendarme.

— Bien sûr ! Tout le monde ici connaît madame Roy. Elle est née à Aigrefeuille et n'a jamais bougé de la région. Elle aussi connaît tout le monde, et elle est au fait de toutes les histoires du village… Enfin, elle l'était… Ça fait un choc quand même, de savoir qu'elle est morte comme ça, à cause des guêpes…

Berthet se rassit parmi eux. Il se racla la gorge.

— Cette nuit, les médecins ont pratiqué une autopsie – une procédure habituelle pour un accident de ce genre. Le médecin légiste a trouvé des traces d'un attractif chimique, un puissant insecticide destiné à attirer les guêpes et les frelons. Ce produit, en vente libre dans les magasins de jardinage, est composé d'arômes alimentaires et d'acide acétique. Madame Roy portait des traces de ce produit sur ses vêtements, sur ses bras et à la base de son cou.

Il se tut, s'abstenant volontairement de poursuivre. Romain fut le premier à ouvrir grand la bouche. Il bafouilla :

— Quelqu'un… quelqu'un… a essayé de la tuer en mettant ce produit sur elle ? Volontairement ?

Le collègue répondit d'une voix froide, professionnelle.

— Des gendarmes ont fouillé la maison ce matin. Ils sont formels : il n'y a aucune trace du produit, nulle part. Pourtant, madame Roy en était couverte. Il ne s'agirait donc pas d'un accident.

Les épaules de Thomas s'affaissèrent. Il prit sa tête entre ses mains. Il avait porté secours à une personne en plein milieu d'une tentative d'assassinat… Et s'il était arrivé une minute plus tôt ? Frissonnant, il demanda la permission d'aller s'habiller, malgré la chaleur.

*

Dix minutes plus tard, la voiture de gendarmerie quittait la ferme, après que l'adjudant eut relevé leurs numéros de portable. Michel quitta la table sans un mot, mâchoires serrées, touché par l'annonce du décès. Il passa son mug sous l'eau, l'essuya machinalement. Thomas, maintenant habillé, fixait sans un mot sa tasse de café. Romain avertit son père qu'ils viendraient l'aider à la moisson et lui demanda s'il devait amener le tracteur avec la remorque. Michel, le regard vide, enfila ses lourdes bottes vertes posées à l'entrée de la cuisine et sortit sans répondre.

8

SAINT-MARTIN-DE-RÉ

Bien loin de l'inquiétude planant sur Aigrefeuille, Henriette suivait la progression des coureurs sur le portable d'Émile, assis à côté d'elle sous les platanes de la place de la Mairie de Saint-Martin, lieu d'arrivée de la course. Les coureurs venaient de passer le pont et les vues de l'île depuis l'hélicoptère étaient splendides. Les athlètes devaient encore traverser Rivedoux, descendre vers le sud à Sainte-Marie, remonter vers la côte nord à La Flotte, puis finir à Saint-Martin.

La place de la Mairie était méconnaissable. Chaque mètre carré était occupé : piste d'arrivée des cyclistes (les voitures de course bifurquaient avant l'entrée dans Saint-Martin) ; podium de remise des prix ; tribune officielle ; foule bigarrée des grands jours. Le brouhaha était indescriptible, pourtant couvert par la voix du speaker qui détaillait en direct l'évolution de la compétition. À ce stade, l'échappée qui s'était formée juste après la sortie d'Oléron s'était fait rattraper près de Rochefort. Le peloton était groupé, mené par l'équipe Jumbo-Visma depuis plusieurs kilomètres.

Henriette se réjouit de cette arrivée massive au sprint. Enfin de l'action ! Elle attendait depuis une heure, assise sur une chaise en bois dur, coincée entre Émile et Louise. Monique suivait la course à côté de l'inspecteur Roux, qui avait eu droit à deux places dans la tribune officielle. Émile hurla dans l'oreille d'Henriette : « Attaque d'Alaphilippe ! » La foule se mit à encourager le champion, scandant son nom avec ferveur. Henriette ferma les yeux et s'endormit.

À son réveil, le sprint avait été gagné par Remco Evenepoel – le prodige belge de dix-neuf ans qui faisait partie de l'équipe Deceuninck-Quick Step –, et les derniers cyclistes du peloton franchissaient la ligne d'arrivée. Émile, le visage luisant, le teint cireux, lui donna un grand coup de coude :

— Quelle arrivée Henriette ! Vous avez vu ça ? Un bébé de dix-neuf ans qui gagne une étape !

Henriette soupira, attrapa sa canne et se leva avec peine. Émile lui agrippa le bras :

— On ne doit pas bouger, ce sont les consignes.

Henriette se libéra d'un geste brusque en grommelant, puis elle s'éloigna à petits pas, se frayant tranquillement un chemin parmi la foule à l'aide de sa canne, tandis qu'Émile se levait pour prévenir Sophie, l'aide-soignante.

Henriette longea les tentes des équipes cyclistes, disséminées dans les rues adjacentes. Certains coureurs, encore essoufflés, pédalaient sur un home-trainer, serviettes autour du cou. Elle admira un long moment leur musculature, leurs mollets imberbes et finement ciselés, la force de leurs cuisses. Elle erra un long moment, portée par les bruits, les corps et les couleurs. Un attroupement attira soudain son attention et elle s'approcha, veillant à ne pas chuter ou se faire bousculer. Le stand était celui de l'équipe Deceuninck-Quick Step, qui fêtait la victoire de son jeune champion au côté d'Alaphilippe, toujours porteur du maillot jaune après cette dixième étape. Elle entrevit le bout du maillot blanc[1] porté par Remco Evenepoel. Il répondait à une interview, tandis que d'autres membres de l'équipe se pressaient autour de lui. Elle crut apercevoir le menton de Julian Alaphilippe – Thomas lui avait donné un cours, photos à l'appui, sur les cyclistes les plus connus et les plus performants du moment. Soudain, un journaliste la bouscula sans ménagement avec son micro :

— Vous n'avez rien à faire là, le public n'est pas autorisé à pénétrer en zone de presse !

— Je suis la presse ! J'écris, pour une revue scientifique, un article sur le principe d'incertitude de Heisenberg appliqué aux mouvements d'un peloton, qui stipule qu'on ne peut connaître simultanément deux propriétés physiques d'une même particule ; principe qui s'applique aussi à chaque couple d'opérateurs dont le commutateur est non nul et qui ne commutent pas.

Le journaliste fronça les sourcils, indécis. Henriette en rajouta, pour la gloire et aussi pour se faire plaisir :

— Ils sont donc appelés opérateurs complémentaires. Vous comprenez pourquoi ?

Le journaliste choisit la fuite, moins glorieuse mais plus sûre, devant la canne d'Henriette. Un boulevard s'ouvrit devant elle, et elle agrippa sans ménagement le bras d'un coureur cycliste vêtu de jaune.

— Merci, j'allais tomber ! Bravo pour la course ! Vous savez, mon petit-fils aussi est cycliste. Il va…

1. Le maillot blanc récompense, parmi les jeunes de vingt-cinq ans et moins, le meilleur du classement général au temps.

Henriette poursuivait son débit rapide et Julian Alaphilippe n'osa pas lui couper la parole. Il la tenait fermement par le bras de peur qu'elle ne tombe.

— … va courir en junior l'étape de demain, entre Châtelaillon et Niort, vous voyez ?

Julian fit une moue admirative et lui lâcha le bras :

— Attention de ne pas vous faire bousculer.

Henriette agita sa canne :

— J'ai mon arme secrète.

Le directeur sportif fit signe à Julian Alaphilippe de le rejoindre. Ce dernier s'éloigna, happé par une meute de journalistes. Henriette eut une bouffée de bonheur : elle avait serré la main du champion français ! Elle se reprit, menton rentré, sourcils froncés : mais lui avait-il vraiment serré la main ? Elle chercha autour d'elle un témoin, mais tous les journalistes s'étaient sauvés, poursuivant les cyclistes comme de fidèles toutous.

Henriette rejoignit la route goudronnée qui menait au port. Les voitures des équipes s'étaient garées sur le bas-côté. Surveillant les alentours pour vérifier que personne ne la pourchassait, elle poursuivit son chemin, sans vraiment savoir où aller. Elle tomba sur la tente de l'équipe Betagreen IDS, sur laquelle figurait un immense champ de blé sous un ciel bleu azur. Elle s'arrêta pour remettre la ceinture de son pantalon en toile blanche, qu'elle avait spécialement acheté pour l'occasion – et elle avait bien fait : elle avait serré la main d'Alaphilippe ! C'est son petit-fils qui allait être content !

Tout en resserrant sa ceinture, elle entendit une conversation qui se tenait non loin d'elle. Comme les voix semblaient aussi houleuses que la mer par vent force 6, elle leva discrètement la tête. Elle vit deux hommes, l'un en chemise blanche, manches retroussées, l'autre en tenue cycliste aux couleurs de Betagreen IDS, avec le dossard 152. L'homme en chemise – sans doute le directeur sportif de l'équipe – fustigeait le coureur :

— Tu n'as pas à prendre position devant les journalistes. Tu n'es pas là pour ça. On te paye pour courir. *Comprendes ?* La prochaine fois que tu interviens devant la presse de cette manière, tu seras sanctionné. Cours et tais-toi.

Le cycliste, qui semblait plutôt frêle, se redressa, furieux :

— Tu trouves ça normal, toi, d'être traité de pollueur et de délinquant écologique ? Je suis coureur, pas représentant des activités de Betagreen et de son Amerloque de patron.

— C'est lui qui te paye triple idiot. Alors ferme-la.

L'homme exécuta un demi-tour, plein d'arrogance, et partit. Le cycliste cracha à terre, non loin du pied d'Henriette.

— Oh, excusez-moi, je vous avais pas vue, madame !

Henriette se rapprocha de lui et tendit sa canne vers l'homme à la chemise :

— C'est votre patron, là ? Parce qu'il a vraiment l'air con. Pardonnez-moi l'expression…

Le cycliste éclata de rire. C'était un tout jeune homme, aux yeux bleu délavé. Il remonta le zip de son maillot :

— Un vrai con, je confirme. Vous trouvez ça normal, vous, de se faire insulter devant toute la presse ?

Il baissa soudain la voix, et Henriette tourna légèrement sa tête pour lui présenter son oreille droite – celle qui entendait le mieux (ou plutôt le moins mal) :

— C'est vrai, le patron va ouvrir une filiale tout près d'ici, pour vendre des engrais et des produits chimiques.

Mais qu'est-ce que j'y peux moi ? Je suis coureur pro, je bosse comme un dingue toute l'année pour améliorer mes performances et voilà comment on me traite !

Il soupira.

— En plus j'ai crevé, la voiture a mis deux minutes à revenir me dépanner. Bref, j'ai encore perdu quatre minutes au général.

Henriette se fit un devoir de lui changer les idées :

— Mon petit-fils va courir demain, dans l'équipe junior, de Châtelaillon à Niort. C'est le club de l'USAC et…

Le jeune cycliste sursauta :

— Avec Marc Roche, l'entraîneur ?

Henriette hocha la tête vigoureusement :

— Oui, oui, c'est ça ! Enfin, c'est lui ! Vous le connaissez ?

— Mon père a couru avec lui il y a longtemps ! Il était dans le même club, près de La Rochelle je crois. Ils ont couru ensemble sur l'un des premiers Tour de Vendée. Puis Marc a été mon prof de sport au collège. C'est pour ça que je le connais bien !

— Vous vous appelez comment, que mon petit-fils lui parle de vous ?

— Valentin Archer, dossard 152, équipe Beta…

— …green, je sais, je sais, avec un directeur pas franchement futé, à ce que je vois.

Valentin remit ses lunettes en rigolant :

— Vous avez besoin d'aide pour repartir ?

— J'ai ma canne. Bonne course !

Valentin s'éloigna, et bizarrement, plus il s'éloignait d'Henriette, plus il semblait grand. Henriette passa sa main sur sa tête en grommelant :

— Ce que j'ai mal aux cheveux…

Alors que l'équipe encadrante la cherchait partout dans le centre de Saint-Martin et hésitait à prévenir la gendarmerie de sa disparition, Henriette dégustait une grande Grimbergen bien fraîche au *Café du Centre*. C'est le patron du café qui appela Sophie pour la prévenir. Cette dernière débarqua, furieuse, et s'assit en face d'elle, les joues rouges, les cheveux en désordre. Elle commença par vider d'un seul trait toute la bière d'Henriette puis se mit à fulminer :

— Henriette, on vous a dit cent fois de ne pas vous éloigner ! Vous savez que c'est pour votre bien, on…

— On dit ça aux fous pour les enfermer, ou aux simples d'esprit pour les manipuler !

Sophie, inflexible, poursuivit :

— Ils ont même diffusé un message à tous les haut-parleurs de la ville pour signaler votre disparition, vous vous rendez compte ?

Henriette, qui commençait à ressentir les premiers effets de l'alcool, posa sa main sur le bras de Sophie.

— Hé, vous savez que j'ai serré la patte d'Alaphilippe ?

Sophie, horrifiée, fit signe au patron de les rejoindre :

— Tu veux bien appeler un taxi ?

9

JOURNAL INTIME [2]

Ils ont lancé une procédure d'enquête, pour savoir si ma mère était en état de s'occuper de moi. Ils sont venus plusieurs fois frapper à notre porte. Parfois j'étais seul, parfois non. Ma mère refusait de leur ouvrir. Ma mère refusait que je leur ouvre. À l'école, des adultes que je ne connaissais pas m'ont demandé où était mon père. Si ma mère s'occupait bien de moi. Si j'étais heureux. Des questions tellement subjectives que je ne comprenais pas leur intérêt. Je me mordais la langue pour ne pas leur répondre.

Lorsque j'errais dans la maison, seul, je m'attardais sur les objets venant de l'extérieur : un ticket de caisse froissé, une place de cinéma, une publicité pour les vérandas, une contravention, une clé, une carte plastifiée avec la photo de ma mère. J'imaginais leur fonction dans un monde que je n'avais jamais vu, j'essayais d'estimer leur degré d'importance dans la vie de ma mère : indispensable, utile, futile, vital, superflu… J'inventais le film dont le titre figurait sur la place de cinéma, la pièce derrière la serrure, la famille attablée sous la véranda, le visage de la caissière bipant les trois bouteilles de gin. Je m'occupais. Parfois, je montais les marches de l'escalier quatre à quatre, puis les redescendais deux par deux. Je renouvelais l'exercice jusqu'à épuisement. Parfois cela durait cinq minutes, parfois plus.

Les jours où ils me posaient des questions, cela pouvait durer une heure. Je serrais les dents. Il me fallait des muscles, de l'endurance, du souffle, pour affronter l'extérieur, peut-être le futur. Je me préparais, conscient de mes jambes frêles, de mes bras maigrelets. Je cherchais les bouts de pain, raclais les boîtes de conserve. Je faisais des pompes sur le carrelage, soulevais le fauteuil élimé par un pied, comme Benoît Brisefer dont j'avais lu l'histoire à l'école. Puis je remontais par la façade, le corps las.

Sur mon lit, je me forçais à vider mon esprit, je contrôlais mes pensées pour qu'elles ne me fassent pas mal, je rapetissais mes peurs jusqu'à les faire disparaître. L'exercice était d'une difficulté extrême. Mais jour après jour, je progressais. Certaines nuits, ma propre volonté devenait effrayante. J'avais peur de ne pouvoir lui échapper, de me laisser happer, pris à mon propre piège.

ÉTAPE 11

CHÂTELAILLON-PLAGE – POITIERS

MERCREDI 8 JUILLET

10

TOUR JUNIOR

À dix heures pétantes, comme prévu, les huit juniors, debout à côté de leur vélo sur la ligne de départ, écoutaient le journaliste égrener leurs noms, le cœur battant. Malgré l'heure tardive, un petit groupe de supporters se massait derrière les barrières, agitant des drapeaux aux couleurs du Tour. Tous vêtus de noir, casque assorti et lunettes de soleil réfléchissantes, les huit coureurs s'apprêtaient à parcourir la première partie de l'étape du jour, Châtelaillon-Plage – Poitiers, et s'arrêteraient donc au nord de Niort. Anthony paradait, tout sourire, et prenait la pose pour les photographes. Thomas et Romain patientaient, concentrés.

Le journaliste, manches de chemise retroussées, poursuivait ses explications au micro :

— Ils sont quatre cadets et quatre juniors, issus du comité départemental de Charente, qui vont parcourir les cinquante premiers kilomètres de l'étape du jour. Cette opération, Continental Cadet Junior, est sponsorisée par le fabricant de pneumatique allemand, qui assure une vraie sécurité sur la course pour l'ensemble des forces vives de ce Tour de France 2020…

Claire, la copine de Romain, applaudit à tout rompre en hurlant des encouragements. Plusieurs copains d'Aigrefeuille et de La Rochelle, où Thomas poursuivait ses études de physique, s'étaient déplacés pour les encourager et voir de près les cyclistes pros. Le ciel était d'un bleu limpide, avec un léger vent du sud-ouest – un temps idéal pour rouler. Le profil de l'étape, longue de cent soixante-sept kilomètres, était plat pour la deuxième journée consécutive, laissant prévoir une belle arrivée au sprint. Lors du repérage, Christian Prudhomme, directeur du Tour, avait déclaré que la dernière ligne droite plairait sans doute à Arnaud Démare, vainqueur au Futuroscope de son premier titre de champion de France en 2014.

*

Deux heures et demie plus tard, la même ligne de départ et la même place alentour étaient noires de monde. Les cent soixante-huit cyclistes professionnels, sous leur casque multicolore, se préparaient pour une étape sans difficulté majeure. Alaphilippe, toujours maillot jaune, devisait à l'avant avec Remco Evenepoel en attendant le départ fictif. Non loin de lui, Nairo Quitana discutait avec Mikel Landa. Un troisième coureur de l'équipe Movistar Team, Alejandro Valverde, les écoutait, l'air distrait. Dans l'équipe Circus-Wanty Gobert, Guillaume Martin, l'auteur de *Socrate à vélo,* parlait météo avec Yoann Offredo. À quelques roues de là, Geraint Thomas surveillait Alaphilippe du coin de l'œil, entouré de ses coéquipiers Wout Poels et Michal Kwiatkowski.

Deux motos de caméramen, placées juste devant la ligne de départ, démarrèrent, rapidement suivies par les coureurs encore en lice. Trois kilomètres plus loin, le départ réel serait donné par Christian Prudhomme depuis sa fameuse Skoda rouge décapotable.

Dans la foule, juste derrière la première rangée de spectateurs, un garçon de quatre ans, assis sur les épaules de son oncle, regardait émerveillé ce départ joyeux, véritable feu d'artifice de couleurs, de cris et de vitesse. Étourdi, il applaudit, ivre de joie. Sa casquette blanche à pois rouges, trop grande, lui tombait sur les yeux et inlassablement, il la rajustait, laissant apparaître quelques mèches blondes. Il ne pouvait le savoir, mais dix-sept plus tard, dans une grande ville non loin de là, il porterait à son tour le maillot blanc du meilleur jeune sur la grande boucle. Il encouragea son champion en agitant sa casquette dans tous les sens : « Allez Thibaut ! Allez Pinot ! »

*

À Croix-Chapeau, escortés par un motard de la garde républicaine, les huit juniors tournèrent à gauche sur la D939 en direction d'Aigrefeuille. Jusque-là, le parcours avait emprunté des routes étroites, en pleine campagne vendéenne – alternance de champs, de bosquets d'arbres en bordure de route et de quelques bois sur un terrain parfaitement plat, coiffé d'un ciel lumineux et immaculé. La chaleur, bien présente depuis mai, avait déjà jauni la végétation. L'air sentait la poussière et l'herbe chauffée.

À l'entrée de la zone choisie par les agriculteurs pour manifester, Romain, inconsciemment, crispa les épaules. Lui et Thomas surveillèrent attentivement les deux côtés de la route, attentifs aux moindres détails. Juste avant Aigrefeuille, sur la gauche, en face de l'établissement de matériel agricole, ils virent plusieurs dizaines de personnes rassemblées dans un champ, et des bottes de paille sur un tracteur. Une grande banderole, accrochée entre ce tracteur et un autre équipé d'un bras de manutention, hurlait en capitales rouges : « Betagreen = pollution. Non à l'usine en Charente ! » Romain, malgré sa vitesse, aperçut quelques visages familiers. Son père n'avait rien voulu lui dire de son degré d'implication dans ce mouvement. Était-il présent ?

Derrière les juniors, Marc klaxonna à plusieurs reprises, agitant le bras par la fenêtre. Il hurla aux garçons : « Allez les gars, on arrive chez nous, on roule ! » Les huit jeunes entrèrent, tout sourire, dans le bourg d'Aigrefeuille. Les habitants, fiers de leurs champions, les attendaient sur le pas de leur porte ou aux fenêtres, et l'accueil fut triomphal.

Après leur commune, ne restaient plus que quarante kilomètres avant l'arrivée à Saint-Rémy, situé au nord de Niort. Les juniors, l'euphorie passée, se remirent à pédaler de manière organisée, avec des prises de relais efficaces. Thomas se rapprocha de Romain et aperçut son propre reflet dans ses lunettes. Réalisant soudain la chance qu'il avait d'être là, sur cette épreuve du Tour, un bonheur intense le traversa, si fort qu'il en eut les larmes aux yeux. Mais la voix de Romain, tendue, le ramena bien vite à la réalité.

— Tu as vu mon père ?

Thomas, pour économiser son souffle, tourna sa tête de droite à gauche.

— Ils ont des ballots, et des tracteurs… Ils vont tout bloquer…

Derrière, Anthony leur cria d'accélérer, exaspéré par ce bavardage. Romain, furieux, se mit en danseuse et accéléra brutalement, les scotchant tous sur place.

*

Peloton groupé, les vingt premiers kilomètres de l'étape furent roulés à allure modérée par les cent soixante-huit pros. Les cyclistes ne semblaient pas pressés d'en découdre, avec plus de cent cinquante kilomètres devant eux. Alaphilippe, bien au chaud dans le peloton, gardait l'avant à l'œil afin de se préparer à toute éventualité.

Le long de la route, le public s'était déplacé nombreux, en famille, en camping-car, entre copains ou à vélo. Les spectateurs avaient sorti les transats, la table de camping et les drapeaux, et se levaient, portable à la main, pour filmer le passage du peloton. Le parcours n'était qu'un long couloir de cris, de panneaux publicitaires et d'indications pratiques – zone de ravitaillement, sprints intermédiaires, flamme rouge… Au fil des kilomètres, les maires de chaque commune, qui préparaient la venue de la Grande Boucle depuis des années, espéraient que leur village serait mis à l'honneur à la télévision : belles images, commentaires touristiques ou anecdotes historiques…

Le maire d'Aigrefeuille, un retraité de l'enseignement, voyait d'un très mauvais œil la manifestation dans sa commune. Pour lui, le Tour de France était une fête et ne devait en aucun cas être terni par des revendications – justifiées ou non. Immédiatement après le passage des juniors et de la caravane publicitaire, il prévint l'adjudant-chef Berthet, en charge de la sécurité de la course, des possibles dérives d'un tel rassemblement. Le commandant de la brigade d'Aigrefeuille-d'Aunis, avec six sous-officiers, se positionna près du champ occupé par les agriculteurs, prêt à intervenir.

*

Au nord de Niort, sous la banderole Continental, les juniors levèrent les bras. La foule, qui se densifiait au fil des heures, les applaudit chaleureusement et le commentateur leur fit une véritable ovation. On leur demanda de poser sous la banderole, vélo à la main, pouce levé. Marc les félicita, débordant de fierté. Les garçons s'étaient montrés à la hauteur de ses attentes.

Romain essayait de profiter au maximum de ce moment, mais ne parvenait pas à oublier les agriculteurs massés le long du parcours. Il souriait, regard sombre, dents serrées. Thomas lui donna une grande claque dans le dos :

— Arrête, ça ne sert à rien. Tu ne peux rien faire. Profite. C'est la dernière fois que tu fais ça, alors profite !

Romain se mit à crier, pour décharger toute la pression accumulée depuis plusieurs jours. Il se remit en selle, fit quelques mètres en roue arrière sous les applaudissements du public, posa pour des selfies avec les spectateurs et félicita Marc pour cette belle course. La fête allait continuer à Poitiers tout à l'heure, car leur participation à cette opération leur ouvrait en grand les portes du Tour : remise de médaille sur le podium protocolaire, places d'honneur sur la ligne d'arrivée, accès privilégié aux équipes cyclistes et aux directeurs de course…

Les juniors s'engouffrèrent dans les voitures du club, direction Poitiers, pour y suivre la fin de l'étape.

*

« Betagreen = pollution » inscrit sur le devant du tee-shirt, « Non à l'usine en Charente » dans le dos, Pascal Gaillard observait l'évolution des cyclistes sur son téléphone, tout en surveillant les sept membres de la gendarmerie du coin de l'œil. Grâce à la rediffusion en direct sur la chaîne nationale, il savait que les coureurs allaient arriver dans moins de cinq minutes, en peloton serré. Il fit signe, comme convenu, à Alain Deshaie et à un autre collègue, qui sautèrent dans leur tracteur. Dans un ballet parfaitement maîtrisé, ils se positionnèrent l'un derrière l'autre sur la D939 puis déposèrent rapidement les ballots en travers de la route, grâce au bras de manutention d'un des deux tracteurs.

Aussitôt, les gendarmes se mirent à courir pour tenter de mettre fin à ces manœuvres. L'adjudant-chef Berthet appela immédiatement des renforts, tandis que l'adjudant Clément se positionnait sur la trajectoire du tracteur conduit par Alain, qui espérait refaire le plein de ballots, stockés dans le champ. Alain, du haut de son tracteur, lui fit signe de s'éloigner. L'adjudant ne bougea pas d'un millimètre, lui ordonnant de stopper l'engin. Une lueur de doute traversa un instant le regard d'Alain, mais contre toute attente, ce dernier poursuivit sa trajectoire sans dévier ni même ralentir. L'adjudant, au tout dernier moment, bondit sur le bas-côté en hurlant sa fureur. Pendant ce temps-là, une cinquantaine d'agriculteurs s'étaient attroupés sur toute la largeur de la D939. Les sept gendarmes, trop peu nombreux, étaient impuissants face à l'empilement des ballots de paille, qui formaient une muraille infranchissable.

Les coureurs étaient à Croix-Chapeau. Quatre gendarmes procédèrent rapidement à des arrestations, tandis que les trois autres cherchaient à s'emparer des banderoles et des pancartes revendicatives. L'adjudant Berthet vit avec effroi la voiture rouge du directeur de course s'avancer vers eux, escortée par plusieurs motards. Les agriculteurs, transcendés par cette vision, se mirent à hurler des slogans haineux contre Betagreeen. L'un d'entre eux, qu'un gendarme cherchait à appréhender, frappa violemment ce dernier au visage. Le sang jaillit. Un autre gendarme vint à son aide, ce qui déchaîna la colère des agriculteurs. Au même moment, la voiture rouge s'arrêta bien malgré elle et Christian Prudhomme sortit en furie :

— Ils arrivent ! Déblayez-moi immédiatement ce bordel !

*

Debout, regards fixés sur le grand écran installé non loin de la ligne d'arrivée à Poitiers, place de l'Hôtel-de-

Ville, les juniors furent stupéfaits par ce qu'ils voyaient à l'écran. Le public, agglutiné autour d'eux, se mit à huer les responsables de cet arrêt forcé. Sur l'écran, on apercevait les visages ahuris des coureurs, la colère du directeur du Tour, les tentatives de déblaiement des bottes de paille que les gendarmes, aidés par quelques civils, faisaient rouler sur le bas-côté. On entendait distinctement les slogans, les huées des cyclistes, les cris des agriculteurs, les sifflets des gendarmes.

La télévision s'attarda longuement sur le visage des coureurs de l'équipe Betagreen, dont le financeur était explicitement visé. Tous, à l'exception de Valentin Archer, le coureur au dossard 152 qui avait rencontré Henriette la veille à Saint-Martin-de-Ré, demeuraient stoïques. Son sang à lui ne fit qu'un tour. Excédé, il descendit de son vélo, le confia à un membre de son équipe, et se fraya un chemin parmi les cyclistes immobiles. Il attrapa le premier agriculteur qu'il trouva et le frappa au visage, puis au thorax. Les coups, vifs, surprirent l'homme, qui tomba à terre. Alain Deshaie, furieux de la tournure que prenaient les événements, sortit une bombe lacrymogène achetée sur Internet au cas où et aspergea généreusement le cycliste. Les pales de l'hélicoptère, en vol stationnaire juste au-dessus du champ, dispersèrent le gaz aux alentours, si bien que les cyclistes, les gendarmes, les agriculteurs et le public furent touchés. Les slogans contre Betagreen firent place à des cris, des toux, des pleurs. Christian Prudhomme demanda aux cyclistes de reculer, pour éviter de nouvelles giclées de gaz.

La scène, retransmise sur les écrans du monde entier, était surréaliste : amas de paille, de gendarmes blessés, d'agriculteurs en colère et de cyclistes fous furieux. Dans sa voiture, interrogé en direct par le journaliste de France 2, le directeur sportif de l'équipe Betagreen s'étranglait de fureur. Il déversa un tel chapelet d'injures contre son coureur que le chef monteur dut stopper la retransmission en direct de l'interview.

Romain, devant l'écran à Poitiers, s'assit par terre, abasourdi.

*

Tandis que les forces de l'ordre procédaient à des interpellations, les autres manifestants se dispersèrent au plus vite, piétinant pancartes et banderoles. Un gendarme, habitué au maniement des engins agricoles, déblaya rapidement les ballots de paille de la route. Plus loin, dans le peloton, l'équipe médicale distribua des dosettes de collyre et de l'eau minérale, afin que les coureurs s'aspergent le visage et se débarrassent des dernières traces de gaz.

Seul Valentin Archer, assis au sol, se tenait le visage entre les mains. Le médecin l'ausculta et lui versa plusieurs millilitres de collyre dans les yeux qu'il avait rouges et irrités. Il fut rejoint par son directeur sportif, qui ressemblait à une cocotte-minute prête à exploser. Au milieu des autres cyclistes et du médecin, il empoigna son poulain par le maillot, qui se déchira, et le releva sans ménagement. Il lui aboya dessus, en postillonnant :

— Tu es viré, espèce de con ! Mais qu'est-ce que t'as dans le crâne ? T'es viré, tu entends ?

Christian Prudhomme, avec sang-froid, agrippa le directeur sportif par le bras et lui ordonna de le suivre.

L'homme, rouge de colère, ne put qu'obéir. À l'écart, devant les engins agricoles, les deux hommes échangèrent de vifs propos.

Christian Prudhomme revint vers Valentin et l'interrogea sur son état physique. Ses yeux étaient très irrités, mais il parvenait à les garder ouverts en pleurant abondamment. Le directeur du Tour posa son index sur sa poitrine :

— Encore une altercation de ce genre et tu es viré par l'organisation… Tu vas écoper d'une pénalité. Maintenant, tu dois courir le reste de l'étape, parce que ton directeur sportif ne peut pas te renvoyer dans ces conditions, il n'en a pas le droit. Tu es capable de rouler ?

Valentin, que l'adrénaline avait déserté, se sentit épuisé, physiquement et mentalement. Mais le directeur du Tour l'autorisait à continuer l'étape, alors il décida de poursuivre, juste pour défier son directeur sportif.

Une fois la route dégagée et le danger écarté, ordre fut donné de reprendre la course. Un cordon de gendarmerie mobile escorterait les coureurs jusqu'à Poitiers afin d'éviter toute nouvelle interruption. La foule applaudit et encouragea les cyclistes. La traversée d'Aigrefeuille permit aux équipes de se repositionner et aux coureurs de se concentrer sur la fin de course. À la sortie de la commune, debout dans la décapotable rouge, Christian Prudhomme agita le drapeau de course, signe que celle-ci reprenait, relançant officiellement le chrono.

*

Le sprint final fut magique. Les juniors, debout dans la tribune officielle, ne perdirent pas une miette du spectacle. À deux cents mètres de l'arrivée, au coude-à-coude, cinq hommes se disputaient la victoire : Peter Sagan, vêtu du maillot vert ; Dylan Groenewegen de la formation Jumbo-Visma, un des favoris de cette étape ; Arnaud Démare, de l'équipe Groupama-FDJ, autre grand favori ; Mark Cavendish, l'homme aux trente victoires d'étape sur le Tour ; et Mike Teunissen, coéquipier de Groenewegen.

Groenewegen, en tête, ouvrit la voie pour son leader. À cent mètres de l'arrivée, il s'écarta dans un dernier effort. Peter Sagan, à quelques encablures, se tint prêt à accélérer. Arnaud Démare ouvrit le sprint, appuyant encore plus fort, bouche grande ouverte. Teunissen, sans effort visible, remonta à sa hauteur pour le neutraliser. À cinquante mètres, Cavendish, juste derrière Démare, relança et passa sur la droite de Démare, le frottant méchamment. Les vélos oscillèrent légèrement, effectuant une trajectoire tout en courbes. Démare leva le poing, furieux. Sagan en profita et, jetant ses dernières forces, poussa son vélo sur la ligne.

Il venait de remporter la onzième étape du Tour, conservant ainsi le maillot vert pour la huitième journée consécutive.

11

HENRIETTE

Face au digicode de la porte de sortie, Henriette hésita un instant, tapant sur son chapeau de paille pour réveiller ses neurones engourdis. La constante de Planck ? Une histoire de joules, non ? Elle pria intérieurement : « Saint Einstein, priez pour moi, que votre volonté soit faite et que votre intelligence m'illumine. » 6626 ! Oh, merci Albert !

Elle poussa la porte et s'engagea à petits pas dans les ruelles d'Ars-en-Ré.

Pour tout dire, Henriette était un peu vexée. Elle avait envoyé ce matin plusieurs textos à Thomas pour le prévenir qu'elle avait serré la main du maillot jaune et il avait juste répondu : « Bravo mamie, tu es une championne. » D'une part, elle détestait se faire appeler « mamie » – elle le lui avait répété des centaines de fois –, d'autre part, elle n'avait pas aimé le contenu de son texto suivant : « J'ai vu une vieille dame mourir devant moi, attaquée par des guêpes. En réalité, c'était un meurtre. » Enfin, « pas aimé » n'était peut-être pas l'expression exacte… Son cœur avait bondi, embroché par les trois termes « vieille dame mourir ». Mais le mot « meurtre » avait ravivé de folles pensées, mélange d'investigations, d'enquêtes et de filatures, sur fond de perruques et de lunettes noires. Son sang n'avait fait qu'un tour et elle avait immédiatement rappelé Thomas pour obtenir plus de précisions. Mais celui-ci, paradant sur les routes du Tour, avait coupé son portable. Henriette en avait hurlé de frustration.

Elle trottina vers *La Maison de la presse*, sur la place du village. Elle espérait trouver quelques informations sur le meurtre dans la gazette locale. Après avoir reçu les textos de Thomas, elle avait déplié une carte de la Charente, avait repéré le bourg d'Aigrefeuille, puis avait laissé son doigt glisser de ville en ville, le long des routes, sur le parcours du Tour. Comme elle regrettait de ne pouvoir être sur place, à applaudir son petit-fils… Elle farfouilla dans son sac, vérifia son portable. Toujours pas de nouvelles ni de photos. Elle remit l'engin dans sa poche. Il faisait une chaleur terrible malgré l'heure avancée de l'après-midi. Elle longea les murs à la recherche d'un peu de fraîcheur, faillit tomber en se prenant les pieds dans une rose trémière et arriva, épuisée, devant l'église au clocher bicolore. Elle se laissa tomber sur un banc, son chapeau de travers.

Une voix grave et familière la tira de sa torpeur. L'inspecteur Roux, tongs aux pieds et marinière rayée – sa nouvelle tenue de retraité –, s'assit près d'elle. Ensemble, il y avait quelques années de cela, ils avaient retrouvé les auteurs du cambriolage du musée Ernest-Cognac, à Saint-Martin. Depuis l'arrêt de ses fonctions, il avait grossi et pris du ventre. Henriette aurait juré que son nez s'empâtait et prenait une couleur violette des plus détestables… mais peut-être n'était-elle pas vraiment objective.

— Alors Henriette, vous avez vu Alaphilippe hier ? Vous savez qu'on vous a cherchée partout, après…

Henriette grommela. Soudain, les yeux brillants, elle se tourna vers lui :

— Vous avez déjà vu quelqu'un mourir de piqûres de guêpes ?

Roux parut surpris, se gratta le mollet droit. Henriette s'énerva :

— Un meurtre, un meurtre avec des guêpes, vous avez déjà vu ou pas ?

Roux éclata de rire, s'essuya les yeux.

— Une allergie ou un meurtre ? Parce que ça change la donne !

— Un meurtre !

— Non, jamais. Agatha Christie ?

— Non, hier, en Charente. C'est mon petit-fils qui a vu mourir la victime, dans ses bras. Il a recueilli son dernier souffle sans rien pouvoir faire. Horrible, non ?

Henriette racontait la scène comme elle l'imaginait, convaincue de la véracité de ses propos. Comme l'inspecteur Roux restait silencieux, Henriette haussa le ton :

— Alors ?

— Alors quoi ?

Elle secoua sa canne et se mit debout avec difficulté. Elle rajusta son chapeau de paille, lissa sa robe froissée.

— La retraite vous ramollit le cerveau. C'est moche.

L'inspecteur Roux, furieux, la regarda repartir sans un mot.

À *La Maison de la presse*, ne voyant aucun titre qui correspondait à ses attentes, elle demanda de l'aide au buraliste. Il lui dégota un exemplaire de *L'Hebdo de Charente-Maritime* datant de la semaine passée. Menacé par sa canne, il retira sa proposition et lui tendit en échange le *Sud Ouest* du jour, qui couvrait aussi la zone d'Aigrefeuille.

— C'est tout ce que vous avez?

— Non, j'ai aussi un article sur le meurtre d'une vieille grincheuse dans un tabac, assassinée par son buraliste. Ça vous intéresse?

Henriette n'entendit pas, ou fit semblant. Elle regardait la une du journal, sur laquelle s'étalait la photo du podium à Saint-Martin: Alaphilippe, coincé entre un bouquet de fleurs et une peluche de lion, Egal Bernal et Steven Kruijswijk de chaque côté.

— Vous savez, j'y étais: je lui ai serré la main!

— Deux euros cinquante. Depuis ce matin, ça n'arrête pas: « J'ai vu Machin », « J'ai serré la main de Truc », « J'ai pris un selfie avec Chose ». Ça me tue! Vous croyez que j'ai pu y aller, moi? Et le magasin, il va tourner tout seul?

— Parce que vous avez eu des clients?

— Non, ils étaient tous à Saint-Martin.

— Eh ben voilà! Ça vous arrive de réfléchir?

Henriette fourra le journal dans son sac et repartit, cahin-caha. Le retour à *La Marienne* lui parut sans fin sous la chaleur écrasante.

*

L'homme, un géant de deux mètres avec un pitbull hideux à ses pieds, s'approcha d'Henriette et la bouscula sans ménagement. Il lui hurla dans l'oreille, les mains en cornet autour de ses lèvres épaisses, tandis que ses énormes bottes de motard lui écrasaient ses charentaises à carreaux:

— Alors la vieille, onde ou corpuscule ?

À court d'air, Henriette se redressa sur son lit, en sueur. Onde ou corpuscule ? Elle se frotta les yeux et grimaça en se souvenant de la gueule patibulaire du chien. *Peut-être qu'inconsciemment, je pense avoir la même tête…* Elle soupira et se leva pour boire un remontant caché derrière la pile de ses chemises de nuit.

Son téléphone se mit à danser la gigue sur sa table de nuit. Elle se précipita. C'était Thomas.

— Je suis à Poitiers ! Tu as reçu les photos ?

— Euh non, enfin je ne sais pas, je vais voir. Alors, cette étape ?

— Tu n'as pas suivi le direct ?

— Non. C'était comment ?

— Notre parcours s'est très bien passé. Par contre, l'étape a été interrompue par des manifestations d'agriculteurs et…

Henriette, blanche, s'assit sur son lit :

— Tu n'as rien ?

— Non, je n'y étais pas, c'était après notre passage.

— Et ton meurtre ?

Henriette regretta immédiatement ses paroles, reprit :

— Enfin, tu n'es pas trop traumatisé comme on dit maintenant ?

— Non, pas de syndrome post-traumatique à ce jour ! Je rigole, mais… en fait… c'était affreux…

Il lui raconta dans le détail l'incident, le Samu, la visite de la gendarmerie. Henriette l'écouta attentivement, puis :

— Croix-Chapeau, c'est ça ?

— Oui. Madame Roy habitait à la sortie du village.

— J'ai une vieille amie qui habite vers là-bas. Je vais l'appeler.

La voix de Thomas se crispa :

— L'appeler pour quoi ?

— Pour lui demander la recette de la galette charentaise, que j'ai déjà. Tu piges ?

Exaspéré, Thomas soupira :

— Mamie, tu ferais mieux d'oublier toute cette histoire.

— Qu'est-ce que j'ai de mieux à faire ?

— Tu continues à écrire ton livre sur la mécanique quantique ?

Henriette s'agita :

— À mon âge, je fais ce que je veux. C'est le principe.

— Mamie, je te laisse, il va y avoir la remise des prix. On m'attend !

— Je t'embrasse champion. N'oublie pas les photos. Et appelle-moi s'il y a du nouveau pour madame Roy.

Aucune page ne faisait mention du meurtre, ni dans la page consacrée aux faits divers ni dans celle de la région de l'Aunis. Henriette découpa avec application tous les articles consacrés au Tour de France et les enfouit dans le tiroir de sa table de nuit. Elle y retrouva par hasard son vieux carnet d'adresses et ne sut retrouver le nom de sa vieille amie qui habitait près d'Aigrefeuille. Elle hésita, ferma les yeux pour mieux se concentrer. Labrousse ? Larousse ? Lamousse ? *Mon Dieu que ce chien était moche – je lui ressemble tant que ça ? Albert, tu en penses quoi ?* Lavaud ! C'est ça, Lavaud, Janine Lavaud ! À nous deux, Janine Lavaud ! Merci Albert !

12

L'APRÈS-TOUR

À Poitiers, la façade de la mairie était couverte d'une immense banderole « Poitiers, ville étape du Tour 2020 ». Sur la place de l'Hôtel-de-Ville, les jardiniers s'en étaient donné à cœur joie : entre les compositions en noir et jaune trônait une collection de cycles de tout âge et de tout style : VTT, draisienne, bicyclette des années cinquante, vélo de course, tandem… Le public allait et venait entre les stands, semblable à des bancs de sardines, nageant le long des barrières en cours de démontage, appareil photo ou portable à la main, casquette et tee-shirt de circonstance. Malgré cette apparence de fête, l'ambiance était électrique. Les cyclistes, furieux de l'interruption, obéissaient aux ordres des directeurs de course, qui appliquaient eux-mêmes les consignes de Christian Prudhomme : aucun commentaire ni contestation. La remise des prix couronna Peter Sagan. Quant à Julian Alaphilippe, il conservait le maillot jaune. L'ovation fut totale. Le grand public s'était pris d'affection pour ce coureur, et ce pour la seconde année consécutive. Non loin de lui dans le classement, Thibaut Pinot patientait, pressé d'en découdre sur les pentes des Alpes.

Dans le stand de l'équipe de Betagreen IDS, assailli de journalistes et de cameramen, l'absence du directeur sportif faisait jaser. Aucune trace non plus de Valentin Archer, le coureur en attente de suspension. Le directeur du Tour, lors de la remise des prix, n'avait pas souhaité commenter l'altercation. Valentin Archer serait-il présent sur la ligne de départ, le lendemain, à Chauvigny ? Les médias se perdaient en conjectures.

Thomas regretta de ne pouvoir le saluer, lui qui connaissait leur entraîneur et avait rencontré Henriette la veille. Alors qu'il se dirigeait avec Romain vers le stand de l'équipe Bora-Hansgrohe, un autre cycliste de l'équipe Betagreen IDS, dossard 157, l'interpella, voyant sa tenue noire Continental :

— Tu es du coin ?

Thomas fut surpris par le ton sec du coureur et se contenta de lui répondre d'un signe de la tête. Le cycliste rajusta son maillot et se rapprocha des deux garçons.

— C'était quoi cette manif ?

Thomas haussa les épaules et sentit monter la colère dans les yeux de Romain. Ce dernier fit de son mieux pour répondre avec calme :

— Une manifestation d'agriculteurs contre l'implantation d'une filiale de Betagreen en France, en Charente plus exactement.

— Donc des bouseux se permettent d'arrêter le Tour pour ça ? Tu peux m'expliquer le rapport ?

Romain lui balança une droite en pleine face. Horrifié, Thomas vit le coureur s'effondrer, et les journalistes accourir et filmer la scène plutôt que de lui venir en aide. Un autre coureur de son équipe se mit à crier. Le visage du dossard 157, en sang, se leva vers Romain.

— Tu vas me le payer, je te le jure.

Il se redressa tant bien que mal, essuyant le sang sur son maillot vert et blanc. Il cracha par terre.

— Je vais porter plainte contre toi. Et puis contre ces bouseux, qui se croient tout permis. Dégage.

Thomas entraîna Romain loin du stand, un goût amer dans la bouche. Marc, qui n'avait rien perdu de la scène, accourut.

— Tu as perdu la tête ? Un cycliste pro, le frapper, comme ça, en plein Tour ?

Romain poursuivit son chemin. Marc se mit devant lui et l'obligea à s'arrêter.

— Tu vas t'excuser, tout de suite.

— Hors de question ! Il nous a tous insultés. Si je retourne le voir, il n'a plus de nez.

Pierre-Yves Thouault, directeur adjoint du Tour de France, alerté par les organisateurs, les rejoignit au pas de course, son badge jaune tressautant sur sa poitrine. Il s'adressa directement à Marc :

— Vous devriez rentrer. Cette neutralisation de l'étape a mis les nerfs des coureurs à rude épreuve. Je ne veux pas de nouvel incident. Je vous rappellerai, d'accord ?

Marc acquiesça, impuissant.

La fête était bel et bien gâchée.

13

MICHEL

Le retour à la ferme fut pesant. Romain, épuisé et nerveux, conduisait machinalement. Thomas ne disait mot, plongé dans ses pensées. À l'entrée du chemin qui conduisait à la ferme, Romain stoppa la voiture.

— Je dois voir mon père. Écoute… je ne veux pas être désagréable, mais j'aimerais lui parler seul à seul. Ça ne t'ennuie pas ?

— De toute façon, je monte direct dormir, je suis crevé… Tu as eu des nouvelles depuis ce matin ? Il était à la manif?

Romain, mâchoires serrées, ne répondit pas.

La lumière de la cuisine était allumée, signe de la présence de son père. Romain avait perdu sa mère il y avait quatorze ans de cela. Un poids lourd avait heurté sa voiture sur une nationale ; elle avait fait plusieurs tonneaux. Sa mère était morte sur le coup. Romain avait cinq ans. De cette époque, Romain ne conservait que des souvenirs en noir et blanc, sombres : les cernes sous les yeux de son père, son irritation perpétuelle, sa colère rentrée, son immense tristesse. Heureusement, les amis, les voisins, l'avaient aidé à surmonter cette période ; père et fils leur en avaient été infiniment reconnaissants. Pascal Gaillard comptait parmi ceux-là, toujours prêt à donner un coup de main. Leur projet commun de coopérative avait sauvé Michel, qui s'était investi corps et âme dans ce projet. Romain avait grandi au milieu de cette communauté, s'attachant chaque jour un peu plus à la ferme, à cette coopérative, fier de voir son père relever la tête et se tourner vers l'avenir. Le cyclisme, pratiqué dès l'âge de huit ans, lui avait aussi offert une échappatoire salvatrice. Plus tard, à dix-sept ans, il avait choisi des études lui permettant de reprendre l'exploitation, solidement armé pour la gestion d'un domaine agricole ou d'une coopérative.

Michel était attablé devant une tasse de café, les coudes sur la table de la cuisine, seulement éclairée par le néon au-dessus de l'évier. Il leva la tête en entendant les garçons rentrer. Thomas le salua et, prétextant la fatigue, monta directement dans sa chambre.

Romain enleva ses baskets. Pieds nus sur le carrelage encore tiède, il s'assit en face de son père. La respiration de Michel se fit plus rapide. Romain attendit un moment que son père parle, mais face à son silence, il se décida à l'interroger :

— Tu y étais ?

Le visage de Michel accusait une grande lassitude. Il regarda son fils dans les yeux, deux lacs bleus et vides :

— J'y étais, car je suis d'accord avec eux : je refuse de voir une boîte américaine s'implanter en France, que ce soit en Charente ou ailleurs, pour polluer impunément comme c'est le cas aux États-Unis ou dans les autres pays.

Il faut que le gouvernement français comprenne que la priorité n'est plus économique mais écologique, c'est le message qu'il faut faire passer. Après…

Sa voix se brisa. Il se reprit :

— Après, je n'ai pas aimé la manière de faire passer le message. Mais on a été entendus. Tu as vu les médias ? La manière dont ils ont parlé de nous ? Demain, j'ai trois rendez-vous avec plusieurs journalistes. Tu crois qu'on y serait arrivés autrement ?

Romain luttait pour ne pas s'énerver. Il respira longuement :

— Des agriculteurs qui bloquent une compétition au mépris de la sécurité des coureurs, qui se battent comme des chiffonniers devant les caméras du monde entier, qui aspergent tout le monde de gaz lacrymo, qui tabassent les forces de l'ordre, tu trouves que c'est une réussite ?

Romain tapa du poing sur la table, répéta en criant :

— Tu trouves vraiment que c'est une réussite ?

Michel fixait le café dans sa tasse. À voix basse, il questionna son fils :

— Il paraît que tu as cassé le nez à un cycliste de Betagreen ?

Romain secoua la tête, exaspéré, et marmonna entre ses dents :

— Les nouvelles vont vite… Oui. J'ai hésité avec les côtes, mais ça l'aurait empêché de poursuivre le Tour… Il était furieux contre la neutralisation de la course par ceux qu'il appelle « des bouseux », sans considération pour les cyclistes.

Romain se leva. Il but directement au robinet, puis s'adossa au frigo.

— D'autres actions comme celles-là sont prévues ?

Comme Michel gardait le silence, il se dirigea vers la porte :

— J'ai compris : si c'était le cas, tu ne m'en parlerais pas, c'est ça ?

Sans attendre de réponse, il monta quatre à quatre les marches de l'escalier et se jeta sur son lit, furieux.

14

JOURNAL INTIME [3]

Au collège, ils riaient : « Ton père s'est bien foutu de toi. Ta mère est une traînée. Sale bâtard ! » La litanie du quotidien, humiliante, corrosive.

J'ai été placé dans quatre familles d'accueil en six ans. Je ne vous raconterai pas. D'abord parce que vous ne me croiriez pas, et puis parce que je veux oublier : les punitions, les insultes, les coups, les humiliations. Même les bêtes de l'exploitation étaient mieux traitées que moi.

Au début, je suis devenu fou. Ils me parlaient de ma mère alcoolo, de mon père qui s'était fait la malle. « Tu leur as fait honte. Tu ne mérites même pas de vivre. Tout est de ta faute. » Je tapais sur tout ce qui bougeait pour évacuer la haine accumulée, le dégoût de moi-même. On m'enfermait. Je tapais. On me renfermait. Je redoublais mes coups. On triplait mes punitions. Un cercle sans fin.

Et puis j'ai compris. Alors j'ai arrêté. De me battre, de cogner, de mordre, de faire mal.

Je me suis fait transparent et muet.

Au début, ils ont continué à me tabasser. Il ne fallait pas que je réagisse. Le plus dur était d'encaisser les insultes – les coups blessent mais s'effacent avec le temps, contrairement aux insultes. Comme cela n'a aucun intérêt de taper un sac inerte, ils se sont lassés.

Au fil des ans, à force d'immobilité et d'absence de réaction, je suis devenu celui qu'on ne voit plus. Mais parfois la nuit, le corps endolori, j'ai douté, je me suis demandé si c'était mieux que d'être maltraité.

J'ai tenu bon et on m'a oublié.

J'ai continué mes exercices de musculation et de concentration. À l'intérieur, de plus en plus fort, je chevauchais mes pensées comme un cheval au galop, rênes bien en main. Même si, parfois, je perdais mes dents pour rester en selle.

ÉTAPE 12

CHAUVIGNY – SARRAN

JEUDI 9 JUILLET

15

HENRIETTE

À *La Marienne*, à peine réveillée, Henriette sauta de son lit – ou plutôt se leva en grimaçant, mains sur les reins, genoux gémissants, râlant contre le matelas trop dur, le sol glissant et sa canne rangée à l'autre bout de la chambre. Elle enfila sa robe de chambre jaune poussin, ses charentaises et se dirigea vers la salle à manger commune. C'était à son tour de préparer le petit-déjeuner pour tous les résidents, soit dix personnes. Ce partage des tâches avait été décidé d'un commun accord, pour le bien de tous : repas, entretien du jardin, ménage, petites réparations… Seules les courses étaient gérées par Sophie et Laurence, les deux aides-soignantes.

Henriette mit la cafetière en route, fit chauffer l'eau pour le thé. Sophie, qui venait d'arriver, passa une tête par la porte :

— Déjà réveillée Henriette ? Vous êtes bien matinale ! Tenez, voilà le pain, il est encore tout chaud.

Henriette mit le couvert sur la grande table, sa canne dans une main, les tasses dans l'autre. Elle découpa des tranches de pain, sortit le beurre et la confiture du frigo puis s'assit, épuisée, au bout de la table. Soudain, elle se redressa et repartit à toute vitesse farfouiller dans sa chambre. Lors de l'arrivée du Tour à Saint-Martin, un supporter de la Grande Boucle, effrayé par l'âge d'Henriette, lui avait donné sa corne de brume, l'encourageant vivement à l'utiliser pour traverser la foule en toute sécurité. Henriette se plaça en bas de l'escalier menant aux chambres et actionna l'appareil. Sophie se mit à hurler, renversant le plateau de café sur le carrelage. Henriette sourit : enfin un début de journée réussi.

La veille, excitée comme une puce, elle avait appelé Janine Lavaud. Cette dernière avait mis un petit moment à se souvenir d'Henriette. Enfants, elles jouaient ensemble à Saint-Clément-des-Baleines, car les grands-parents de Janine habitaient la maison voisine des parents d'Henriette. Plus tard, Janine avait assisté au mariage d'Henriette. Puis les deux femmes s'étaient perdues de vue, à l'exception de quelques cartes de vœux.

Le coup de fil avait duré plus d'une heure. Au bout d'un moment, Henriette avait fait glisser la conversation vers madame Roy.

— Ma voisine, ma voisine… elle habite à cinq minutes de chez moi, c'est pas vraiment le même coin ! Mais tout le monde la connaît, oui. Elle a toujours habité là, comme ses parents d'ailleurs. Elle ne s'est jamais mariée. C'est horrible, la manière dont elle est morte…

Henriette n'avait rien répondu, attendant que Janine en dise plus.

— Franchement, je me demande bien pourquoi on l'a tuée… Hier, il paraît que la police a fouillé sa maison. Qu'est-ce qu'ils ont trouvé ? Elle habitait toute seule depuis plus de vingt ans. C'est quand même bizarre, non ? Au fait, si je me souviens bien, tu n'aurais pas un fils gendarme ?

— Oui, mais il travaille à Saint-Martin...

— Peut-être qu'il sait déjà, pour la fouille d'hier. En tout cas, elle détestait le jardinage, il n'y a qu'à voir l'état de son extérieur ! Et puis, ce qu'elle était bavarde... Elle passait son temps à papoter avec tous les gens du coin. Moi je dis, bien tenir sa maison et se tenir loin des autres, ça évite de se faire tué bêtement. Henriette, il faut que je vous laisse, mon bœuf bourguignon va attacher.

Henriette avait ouvert de grands yeux – un bœuf bourguignon, par quarante degrés ! Elle avait remercié Janine, frustrée du peu d'informations qu'elle avait réussi à soutirer, et lui avait promis de la rappeler très vite.

Émile descendit de sa chambre, un casque de musique sur les oreilles. La prise traînait derrière lui, dans le vide. Henriette éclata de rire. Elle était attablée, et avait déjà englouti de grandes tartines de pain frais. Le meurtre lui avait rouvert l'appétit. Émile s'assit à côté d'elle :

— Vous avez perdu votre sens de la dignité ?

Henriette lui répondit vertement, mais il lui montra le casque, index sur l'écouteur :

— Je n'entends rien !

Henriette sortit de la poche de sa robe de chambre *Lumière et matière* de Richard Feynman, qu'elle avait commencé la veille, et dévora l'électrodynamique quantique avec le même entrain que ses tartines, indifférente au remue-ménage qu'elle avait provoqué.

*

Vers dix heures, avant de sortir, Henriette essaya d'appeler Thomas. Il lui avait envoyé plusieurs photos, mais elle n'arrivait pas à les agrandir sur son téléphone. Et puis, elle était pressée de partager avec lui les maigres informations qu'elle avait récoltées. Elle tomba à nouveau sur son répondeur.

Lunettes noires et canne à la main, elle se dirigea vers l'église et, comme tous les jours, acheta son journal. Elle s'installa à la terrasse de l'hôtel *Le Clocher*, à l'ombre du tilleul et commanda un jus d'orange frais. Monique devait la rejoindre après avoir acheté ses légumes. Elle faillit s'étrangler en découvrant la une de *Sud Ouest*: « Incendie dans un hôtel à Chauvigny. Un cycliste de l'équipe Betagreen IDS grièvement blessé. » Elle lut l'article et découvrit avec horreur que le jeune cycliste, Valentin Archer, dossard 152, était le cycliste concerné. Elle en eut les larmes aux yeux. Elle l'avait vu la veille, jeune et fringant, et le savoir maintenant entre la vie et la mort lui parut absurde, injuste. Perdue dans ses pensées, elle ne vit pas Monique arriver, au bras du commissaire Roux. Celui-ci, encore vexé par la dernière remarque d'Henriette sur l'état de ses neurones depuis sa retraite, la salua vaguement. Monique, alertée par la pâleur de son amie, se précipita :

— Ça va Henriette ?

Pour toute réponse, Henriette leur tendit le journal. Elle eut du mal à parler, la gorge nouée :

— Je l'ai vu avant-hier, après l'arrivée à Saint-Martin. On a discuté. À propos de son idiot de directeur sportif…

Roux l'interrompit :

— Justement, son directeur sportif, Harry Morton, est en ce moment même entendu par la gendarmerie. Hier, il a essayé de virer son coureur pendant l'étape. Christian Prudhomme le lui a interdit, évitant de justesse une bagarre générale. Ça pourrait être une vengeance, qui aurait mal tourné…

— Brûler un coureur? C'est pas un peu excessif, comme vengeance? Vous avez lu trop de mauvais polars depuis votre retraite, inspecteur!

Monique prit son air pincé:

— Henriette, je te prie de bien vouloir…

— Je sais, je sais, mais ton chéri est assez grand pour se défendre, non? Sinon, dans le journal, ils disent que le réceptionniste, qui a sauvé Valentin Archer des flammes, a été intoxiqué par la fumée. Il est toujours à l'hôpital. Heureusement, ses jours ne sont pas en danger.

Le téléphone d'Henriette se mit à sonner. Lorsqu'elle vit qu'il s'agissait d'un appel de Thomas, Henriette se leva et s'éloigna, en appui sur sa canne.

— Bonjour Thomas! Comment vas-tu?

— Mal. La gendarmerie est encore en train d'interroger Michel, le père de Romain. Ça fait deux fois en deux jours…

— Ils l'interrogent sur quoi exactement?

— Je sais pas. Peut-être l'incendie à Chauvigny. Tu as entendu les infos? Tu es au courant?

— Oui oui. Mais quel rapport avec Michel?

— J'en sais rien… Hier il était à la manif, même s'il était contre l'idée, au départ. Tout ça, c'était plutôt une idée de son collègue, Pascal Gaillard. Mais au final, tous les membres de la coopérative ont manifesté contre le groupe Betagreen en bloquant la route. Betagreen: c'était justement cette équipe qui dormait dans l'hôtel qui a pris feu…

— Je sais. Tu sais, j'avais discuté avec Valentin, le cycliste, il y a deux jours…

Henriette s'essuya les yeux :

— Si c'est pas malheureux… Tu rentres quand ?

Thomas poussa un long soupir.

— En fait, je devais partir ce matin, mais avec tout ce qui se passe, Romain n'est pas au top. Je vais rester un peu ici s'il est d'accord. De toute façon, je suis en vacances et je n'avais pas grand-chose de prévu.

— Surtout sois prudent. Tu roules aujourd'hui ?

— Non, pas après l'étape d'hier, je suis mort. On va regarder le Tour cet après-midi, je pense.

— Au fait, j'ai appelé Janine Lavaud hier soir. Tu sais, ma copine qui habite Croix-Chapeau. Elle n'a pas été très bavarde. Sortie de son bœuf bourguignon et de son ménage, celle-là, elle ne casse pas trois pattes à un canard. Elle m'a dit que madame Roy était très bavarde, qu'elle n'avait pas la main verte et… c'est tout. Pas grand-chose. Mais je compte bien la rappeler. Ah si, il paraît qu'on a fouillé sa maison hier. Tu étais au courant ?

— Euh, non…

— Il faut absolument que tu ailles voir sur place aujourd'hui. Tu trouveras peut-être des indices.

— Mamie, tu ne dois pas t'en mêler. Cette histoire ne nous regarde pas.

Le sang d'Henriette ne fit qu'un tour ; elle commença à vociférer, réveillant le bébé qui dormait paisiblement dans sa poussette juste à côté. Il se mit à hurler. Son père, un grand maigre tout pâlot, les yeux cernés, lui jeta un regard noir.

— C'est une réponse de lâche ! Tu me fais honte ! Pff, tu es bien comme ton père…

Elle raccrocha, furieuse. Elle retourna à la table pour vider d'un trait son jus d'orange. Puis, sans un mot, elle repartit à *La Marienne*, son journal sous le bras, en grommelant des propos inintelligibles.

16

LA FERME

Les trois gendarmes étaient arrivés au moment où Michel descendait prendre son petit-déjeuner, les traits tirés. Dehors, le soleil était déjà haut, éclairant d'une lumière vive la terrasse devant la ferme. Michel reconnut immédiatement l'adjudant-chef Berthet, de la brigade d'Aigrefeuille-d'Aunis, et l'adjudant Clément. Le troisième, un homme grand et mince, les cheveux coupés très court, s'était avancé vers lui et s'était présenté d'une voix grave, le regard vif plongé dans les yeux de Michel :

— Commandant Touvier, de la brigade de recherches d'Angoulême.

Michel s'était gratté la tête, avait hésité un court instant :

— Vous voulez entrer ?

Michel entendit au loin les bêtes meugler. Le commandant Touvier accepta. Dans la cuisine, Michel proposa un café aux trois hommes, ne sachant pas ce qu'ils attendaient de lui. Mais Touvier lui fit signe de s'asseoir. Il sortit son portable, mit en route une vidéo et positionna l'écran sous les yeux de Michel. La vidéo datait de la veille, et avait été tournée pendant la manifestation. On y voyait Michel, pancarte à la main, hurlant avec la foule, tandis que la barricade de bottes de foin se construisait peu à peu près de lui.

— C'est bien vous, là, avec la casquette blanche ?

Michel acquiesça. Un cadeau de sa femme, juste avant l'accident qui lui avait coûté la vie. Il l'avait mise la veille pour se donner un peu de courage. La casquette en coton était tachée et avachie, mais Michel y tenait. Pas question de s'en débarrasser, comme le lui demandait Romain depuis des années.

— Vous pourriez nous la montrer ?

Michel fronça les sourcils.

— Elle doit être là-haut...

— Allez la chercher, s'il vous plaît.

Michel obéit. Les trois hommes restèrent silencieux en attendant son retour. Au même instant, ils entendirent quelqu'un descendre les marches de l'escalier quatre à quatre. Romain pénétra sur le seuil de la cuisine et s'arrêta net en voyant les trois hommes attablés. L'adjudant-chef Berthet se leva :

— On voudrait te parler. Tu ne quittes pas la maison, d'accord ? Pour l'instant, on entend ton père. Je t'appellerai, ok ?

Romain ne répondit pas, s'approcha du placard au-dessus de l'évier et s'empara d'un paquet de brioches. Il repartit sans rien dire, et remonta dare-dare. Voyant que Michel ne revenait pas, le commandant Touvier se leva et monta à son tour. À peine avait-il gravi trois marches qu'il entendit Michel.

— Je ne comprends pas, je ne la retrouve pas. Pourtant, il me semble bien que je suis rentré hier avec.

Touvier l'invita une nouvelle fois à s'asseoir. Il fixa Michel d'un œil froid :

— On a retrouvé votre casquette dans l'enceinte de l'hôtel qui a pris feu cette nuit. L'incendie a fait un blessé grave, un cycliste de l'équipe Betagreen IDS. Vous pouvez nous expliquer ce qu'elle faisait là-bas ?

Le visage de Michel se transforma sous l'effet de la surprise. Les yeux écarquillés, il balbutia :

— Betagreen ? Un hôtel, quel hôtel ?

— À Chauvigny, la ville départ de l'étape d'aujourd'hui. L'hôtel est celui qui a été choisi par l'équipe Betagreen. Un incendie volontaire y a été allumé cette nuit.

Michel, le regard dans le vide, restait muet, comme assommé.

— Alors ?

Michel haussa les épaules, d'un air impuissant.

— Alors, vous n'avez pas d'idée ?

L'adjudant Clément, qui se tenait près de Michel, vit le tremblement nerveux qui parcourait ses mains. Il les tenait serrées pour éviter qu'elles ne remuent. La voix de Touvier monta d'un cran :

— Où étiez-vous cette nuit ?

Michel restait immobile, mais une certaine tension émanait de son corps – peut-être de la peur. Le poing de Touvier s'écrasa sur la table de la cuisine :

— Un homme est entre la vie et la mort. Quelqu'un a mis le feu à sa chambre d'hôtel. Votre casquette a été retrouvée à quelques mètres de là. Il va bien falloir parler.

Michel haussa les épaules :

— Je ne sais pas pourquoi ma casquette a atterri là-bas… Qu'est-ce que je peux vous dire ?

Touvier s'approcha tout près de lui et lui souffla au visage :

— Racontez-nous votre journée d'hier.

Tandis que Michel, mot après mot, retraçait sa journée, Romain patientait dans sa chambre en mangeant de la brioche avec Thomas. Ce dernier était vautré sur un vieux canapé, vêtu d'un short en jeans et pianotait sur son portable. Romain, allongé sur son lit, engouffra tout le paquet, puis il mit ses mains derrière la tête et regarda le plafond. Au bout d'un moment, il se tourna vers Thomas :

— Tu crois qu'ils veulent quoi ?

Thomas répondit d'une voix qu'il espérait calme :

— Aucune idée... Tu veux que je te lise ce que j'ai trouvé sur Internet ? Écoute : « Cette nuit, un violent incendie a éclaté à Chauvigny, ville départ de l'étape du jour. Le feu a pris aux alentours de deux heures du matin, dans une des buanderies de l'hôtel, située au premier étage. La chambre d'un des coureurs, Valentin Archer, a été totalement détruite. Ce dernier a été emmené à l'hôpital de Châtellerault et son pronostic vital est engagé. Le directeur sportif de Betagreen IDS, Harry Morton, a porté plainte et une enquête est en cours. »

Thomas reprit son souffle :

— « Il faut rappeler que la veille, lors de la onzième étape du Tour de France entre Châtelaillon-Plage et Poitiers, des agriculteurs, qui manifestaient contre l'implantation d'une filiale du groupe Betagreen en France, ont bloqué la route à l'aide de bottes de paille. Des heurts ont éclaté entre cyclistes, manifestants et forces de l'ordre. Valentin Archer s'en est pris physiquement à plusieurs agriculteurs. Menacé d'exclusion par son directeur sportif et rappelé à l'ordre par Christian Prudhomme, directeur du Tour, il est maintenant entre la vie et la mort. »

Romain resta silencieux. Quel pouvait être le rapport avec son père ? Ou alors les gendarmes revenaient pour le meurtre de madame Roy – mais pourquoi l'interroger lui, plutôt que Thomas ? Il sauta de son lit :

— Montre-moi toutes les vidéos sur la manif hier. Je voudrais voir si mon père apparaît et ce qu'il fait.

— Ok.

Les deux garçons s'assirent côte à côte sur le lit. La première vidéo, tournée par la moto en tête de course, montrait les agriculteurs en gros plan qui patientaient devant les ballots de paille en agitant leurs pancartes. Pas de traces de Michel. La seconde vidéo, tournée par un des manifestants et postée sur la page « actualité » du site de la coopérative, montrait la réaction des forces de l'ordre contre les manifestants et le coup de poing de Valentin Archer contre l'un d'eux. Là encore, aucune trace de Michel. Tandis que Thomas cherchait d'autres vidéos, Romain se mit debout et fit les cent pas dans la pièce. Au bout d'un moment, il se rassit :

— Tu as entendu la voiture de mon père cette nuit ?

Thomas, surpris, le dévisagea.

— Non… j'ai dormi à poings fermés, j'étais mort.

Romain baissa la voix :

— Je me pose des questions sur mon père : un coup, il dit qu'il est contre la manifestation, un coup, il dit que grâce à ça, leurs revendications ont été entendues… La preuve : il a rendez-vous avec trois journalistes aujourd'hui. Je ne sais plus quoi penser…

Soudain, quelqu'un frappa à la porte et celle-ci s'ouvrit sans attendre de réponse. Le commandant Touvier, après avoir parcouru des yeux l'ensemble de la pièce, ordonna à Romain de descendre dans la cuisine. Puis il expliqua à Thomas que lui aussi serait entendu, sans ajouter plus d'explications. Romain le suivit, torse bombé, d'un pas décidé.

17

CHAUVIGNY

À Chauvigny, les officiers de la brigade de recherches d'Angoulême poursuivaient l'enquête sur le terrain.

Le propriétaire de l'hôtel, réveillé en pleine nuit par son réceptionniste, avait dû trouver en urgence une solution pour reloger ses clients. Quant au maire, il avait fait ouvrir un gymnase non loin de l'hôtel, et la Croix-Rouge, à trois heures du matin, avait monté des lits de camp pour les touristes et les familles privés de chambre. Pour les coureurs de l'équipe Betagreen, extrêmement secoués, le propriétaire avait trouvé un gîte à une dizaine de kilomètres de Chauvigny. Il était indispensable qu'ils se reposent pour poursuivre le Tour et Harry Morton comptait bien négocier des minutes de bonus auprès de la direction du Tour pour circonstances exceptionnelles.

Trois pièces du premier étage de l'hôtel étaient totalement dévastées. Les officiers de police, vêtus de combinaisons blanches pour ne pas polluer le terrain d'enquête, avaient localisé le départ du feu et cherchaient désormais à identifier sa trajectoire. À l'aube, un chien de la brigade de gendarmerie d'Angoulême, spécialement formé à la détection de produits inflammables, avait formellement identifié un produit. Les prélèvements de terrain, envoyés au laboratoire scientifique, devaient le confirmer dans les prochaines vingt-quatre à quarante-huit heures. Alors que le chien patientait avec son maître dans le jardin à l'arrière de l'hôtel, il s'était échappé. Devant l'enceinte du bâtiment, il s'était mis à aboyer, reniflant une casquette blanche. Le maître-chien avait accouru. Le comportement de l'animal indiquait que la casquette était sans doute imprégnée du même produit inflammable qui avait servi à allumer l'incendie. Le maître avait pris des photos puis, équipé de gants, l'avait glissée dans une pochette plastique qu'il avait refermée à l'aide d'un clip de sécurité.

Tout indiquait un incendie volontaire, car le feu était parti de la buanderie, où il n'y avait aucune source énergétique susceptible d'engendrer une combustion, mais aussi parce que les flammes avaient connu une dispersion rapide et violente. La trajectoire, perturbée par les nombreux appels d'air entre portes et fenêtres, était plus compliquée à définir. Une seule chose était certaine : le feu avait envahi les deux pièces contiguës à la buanderie, à savoir deux chambres occupées par des coureurs de l'équipe Betagreen. Celle du coureur Valentin Archer avait été entièrement détruite, y compris le faux plafond – contrairement à la seconde, partiellement brûlée. Grâce à l'intervention rapide du réceptionniste, le feu ne s'était pas propagé dans le couloir. Toujours hospitalisé, celui-ci restait sous surveillance médicale pour intoxication aux fumées d'incendie, mais son état n'inspirait plus de crainte particulière.

Après avoir travaillé sur la zone incendiée, les officiers de police judiciaire s'attaquèrent ensuite au reste du bâtiment : premier étage, rez-de-chaussée, zones extérieures. Dans la salle à manger de l'hôtel, ils ne mirent que quelques minutes à découvrir que le mécanisme de la fenêtre avait été forcé, que les panneaux lumineux avaient tous été cassés. Dehors, les traces de pas étaient encore visibles et menaient au mur d'enceinte de l'établissement, à l'endroit même où le chien avait retrouvé la casquette suspecte.

En milieu de matinée, la zone ayant été passée au peigne fin, les officiers regagnèrent leur brigade. Il s'agissait maintenant de reconstituer, à l'aide des bandes-vidéo des caméras de surveillance de l'hôtel, le déroulement des opérations à la seconde près. Viendrait ensuite la confrontation avec les témoignages des différentes parties.

Le préfet, effrayé par la perspective de retombées médiatiques désastreuses, appela en renfort les gendarmes des brigades alentour et ordonna l'audition des suspects, à l'exception des personnes présentes sur place qui, elles, seraient interrogées par les officiers de police judiciaire. Les premiers noms tombèrent : Harry Morton, directeur sportif de l'équipe Betagreen IDS ; Michel Delage, Pascal Gaillard et Alain Deshaie, tous trois agriculteurs et membres de la coopérative à l'origine de la manifestation contre Betagreen.

18

PASCAL GAILLARD

Tout comme Michel, Pascal Gaillard avait été accueilli à son réveil par deux gendarmes de la brigade d'Aigrefeuille-d'Aunis. Il leur offrit un café dans la grande cuisine dont les baies vitrées laissaient entrer le soleil par flots. Sa maison, qu'il s'était fait construire une vingtaine d'années plus tôt, offrait une vue dégagée sur les champs et les bois alentour. La vieille ferme, les bâtiments agricoles et tout le matériel de l'exploitation étaient volontairement situés un peu plus loin, hors de portée des regards. Pascal avait souhaité vivre dans une maison spacieuse et moderne.

À l'intérieur de sa maison, il avait fait installer un spa et un sauna, non loin de sa salle de sport dernier cri. Son matelas à eau chauffée, large de deux mètres, suscitait toutes sortes de rumeurs cocasses dans le bourg. À l'extérieur, cachée par une haie de thuyas, une grande piscine d'une eau vert émeraude brillait sous le soleil. Il aimait que sa maison fasse l'admiration du voisinage.

Pascal invita les hommes à s'asseoir autour de sa table en verre.

— Je vous écoute. Je peux faire quelque chose pour vous ?

Le plus âgé des deux hommes prit la parole :

— Je voudrais qu'on revienne sur la journée d'hier, plus précisément sur la manifestation. Vous pouvez me raconter les événements de façon chronologique ?

Pascal leur sourit :

— Bien entendu, aucun problème. Cette manifestation, nous l'avons décidée dimanche dernier avec les membres de la coopérative. En effet, toutes nos actions pour alerter le gouvernement n'avaient reçu aucune réponse. C'est pourquoi nous avons convenu, à la grande majorité des membres, de monter cette opération. Hier, nous nous sommes positionnés dans le champ aux alentours de midi…

Pendant plus de trente minutes, Pascal répondit avec beaucoup de bonne volonté aux questions des gendarmes. Il prit son temps, détailla chaque réponse, parfois en reformulant pour être sûr d'être bien compris. Il offrit aux gendarmes des viennoiseries et de nouvelles tasses de café. Soudain, au milieu d'une longue tirade, le plus jeune gendarme se leva et s'approcha de la fenêtre. De dos, il interrompit sans ménagement Pascal d'une voix rocailleuse :

— Où étiez-vous cette nuit ?

— Ici, chez moi. J'ai dormi à poings fermés.

— Quelqu'un peut-il en témoigner ?

Pascal hésita.

— Non, j'étais seul.

— Parlez-nous un peu des autres membres de la coopérative. Depuis combien de temps connaissez-vous Alain Deshaie ?

— Depuis plusieurs années déjà. Il est rentré à la coopérative il y a quelques mois, après avoir longtemps tergiversé pour des raisons financières. Plusieurs fois pourtant, je lui ai expliqué l'avantage financier de cette mise en commun du matériel et de nos savoir-faire. Dimanche, lors de la réunion des membres de la coopérative, c'est lui qui a pris la parole en tant que nouveau membre. En tout cas, il a été l'un des premiers à suivre ma proposition de manifestation ; contrairement à d'autres, plus réticents.

Le gendarme se retourna, visage à contre-jour.

— Vous avez un nom, pour les plus réticents ?

Pour la première fois, Pascal prit son temps pour répondre :

— Michel Delage, c'est sûr. Sa voisine, Aude… et cinq ou six autres membres. En fait, je crois que ces derniers hésitaient à lâcher Michel, mais que dans le fond, ils étaient d'accord avec moi. Notez bien que c'est un avis personnel.

— Parce qu'ils avaient un lien spécial avec Michel ?

— Michel et moi, on a créé cette coopérative il y a presque onze ans. Maintenant, nous sommes presque cinquante et les relations ont évolué. Même si elles restent amicales, elles sont de plus en plus professionnelles. Je connais moins les derniers membres, qui se sont récemment installés dans la région. Quand nous avons créé la structure, nous étions tous de la région et nous nous connaissions fort bien. Les cinq ou six membres dont je vous ai parlé appartiennent à cette dernière catégorie. Quelque part, ils sont redevables à Michel.

Le gendarme s'approcha de Pascal et déplaça une chaise pour s'asseoir juste à côté de lui. Il approcha son visage du sien :

— Je ne comprends pas. Vous dites que vous avez créé la coopérative avec Michel. Pourquoi ses membres lui seraient redevables et pas à vous ?

Le corps de Pascal se raidit. Très vite, il nia :

— Non, non… ce n'est pas ça. Je veux dire qu'ils s'entendaient bien avec Michel. Moi, vous avez, j'ai un sale caractère !

Le ton était volontairement ironique, sans doute trop. L'autre gendarme le questionna :

— Comment s'appelle le comptable de votre coopérative ?

— C'est justement Alain Deshaie. Le comptable précédent était salarié d'un cabinet à Niort et s'occupait chaque mois de nos comptes. Alain Deshaie a suivi une formation spécifique.

— Ok. Pour résumer, vous diriez que la majorité des membres soutenaient la manifestation, y compris le fait de bloquer le passage du Tour ?

Pascal fit une moue dubitative, inclina la tête :

— Pour le passage du Tour, je ne pense pas. Vous savez comme moi que les fans de cyclisme sont nombreux. Des membres ont fait remarquer qu'il n'existait aucun lien entre les coureurs de Betagreen et l'implantation d'une filiale en France…

Le jeune gendarme se leva, retira bruyamment la chaise. Il posa son index sur la table en verre, juste devant Pascal.

— Et que dites-vous des débordements qui ont eu lieu : violences contre les forces de l'ordre, refus d'obtempérer, mise en danger de la vie d'autrui – j'en passe, et des meilleures ? Les cautionnez-vous ?

Pascal lâcha :

— Je ne les cautionne pas, mais je les assume.

19

ÉTAPE DU JOUR

À onze heures trente, au départ de l'étape, Christian Prudhomme prit la parole devant les caméras du monde entier – un événement. D'une voix claire, posée, il présenta tous ses vœux de rétablissement au cycliste Valentin Archer, et rassura les cyclistes : tout avait été mis en œuvre pour assurer leur sécurité tout au long de cette étape accidentée, longue de deux cent dix-huit kilomètres.

Le directeur de Betagreen IDS, Harry Morton, réveillé par trois gendarmes frappant à la porte du gîte, était d'une humeur massacrante. Depuis la veille, les événements se succédaient à une vitesse vertigineuse et il s'en rendait parfaitement compte : en tant que directeur sportif, il ne dirigeait plus rien, ni ses coureurs, ni le déroulement du Tour, ni son sponsor. Le grand chef américain lui avait envoyé plusieurs messages ambigus, mélange de vœux de rétablissement et de reproches voilés, une sorte de « je t'aime, moi non plus » assez déstabilisant. Au volant de sa voiture, dans l'attente du départ de la course, Harry renvoya vertement tous les journalistes qui s'approchaient de lui. Son adjoint, ceinturé et silencieux, lui fit remarquer qu'une telle attitude risquait de le desservir à long terme.

Harry prit son souffle pour lui hurler dessus, puis se dégonfla comme un ballon crevé. Il but quelques gorgées d'eau, se rinça la bouche et cracha par la fenêtre.

— Tu as vérifié les musettes ?

Son bras droit lui confirma d'un signe de tête.

— Et la réserve de glace ?

— C'est bon.

— Les micros ?

— Testés.

— Tu as bien supprimé tout le matériel de Valentin ?

— Oui.

— Le vélo de rechange du dossard 161 ?

— Sur la droite, comme tu m'as dit.

Après les questions pressantes des gendarmes et avant le départ pour l'étape, loin des caméras et des journalistes, Harry avait réuni ses hommes dans la grande salle à manger du gîte, qui sentait la poussière et le renfermé. Tous étaient fatigués, fragilisés par l'incendie de la nuit, en proie aux interrogations et aux doutes. Harry avait commencé par donner des nouvelles de Valentin, hospitalisé à Châtellerault. Celles-ci n'étaient guère rassurantes, mais il essaya de se montrer optimiste. Puis il certifia que la menace de licenciement proférée à l'égard de Valentin était uniquement due à la colère, à « un coup de sang bête et méchant ». C'est vrai, il le reconnaissait, il avait détesté voir l'un de ses coureurs prendre part à la bagarre générale, n'avait pas supporté cette violence gratuite, et s'était laissé envahir par la colère. Il n'espérait qu'une chose : que Valentin réintègre l'équipe au plus vite.

Aucun coureur n'avait osé faire de commentaires, conscients qu'un mot mal choisi pouvait mettre le feu aux poudres. La tension était palpable. Harry avait poursuivi :

— Vous êtes désormais sept. Je compte sur vous pour mettre les bouchées doubles. Vous êtes d'excellents éléments. Les prochaines étapes sont variées : accidenté aujourd'hui, montagne demain, plat après-demain. Il y en a pour tous les goûts. Steve, tu restes leader. Valentin était grimpeur, Hugo va le remplacer. C'est bon ? Je compte sur toi, Hugo, pour la difficulté du jour, le Suc au May. Tu dois être à l'avant du peloton à partir de Madranges, dix kilomètres avant. Compris ?

Hugo, un grand maigre, sec, hocha la tête.

— Steve, tu lui colles à la roue. Et branchez bien vos oreillettes ! Je ne veux pas d'excuses bidon aujourd'hui. Autre point : ce soir à l'arrivée à Sarran, vous passez la ligne et vous allez directement au stand. Aucune interview, aucun commentaire, pas un seul mot, je suis bien clair ? Parce que forcément, la pression médiatique va peser sur nous encore plusieurs jours. Vous devez lui échapper et rester concentrés sur la course, uniquement la course. On est pas mal placés au classement par équipe, alors il faut se bouger pour remonter. Je compte sur chacun d'entre vous.

Steve, le leader, leva la main pour prendre la parole. Harry l'y autorisa d'un signe de tête.

— Le public nous insulte de plus en plus. Hier, j'ai reçu…

— Hier, c'était différent, à cause de la neutralisation et des revendications des agriculteurs. Aujourd'hui, le public va se concentrer sur la course, comme nous, comme vous. Et si malheureusement des insultes fusent, je ne veux aucune – je dis bien aucune – réaction de votre part. Pas la peine de jeter de l'huile sur le feu, c'est pigé ? La course, la course, la course ! Ok ?

— Est-ce que le président de Betagreen a réagi ?

Harry hésita une seconde, préféra mentir :

— Non. Sans doute le décalage horaire. Il fait encore nuit là-bas…

Il frappa dans les mains pour mettre fin à la réunion, vaguement soulagé.

20

THOMAS ET ROMAIN

Les gendarmes avaient interrogé Romain et Thomas en leur qualité de cyclistes juniors invités sur l'étape, étonnés de se retrouver à nouveau face à face, à deux jours d'intervalle. Les deux garçons avaient relaté, minute par minute, l'étape et l'après-course, jusqu'à l'altercation et le retour à la ferme.

Au départ de la voiture de gendarmerie, soulagés, ils avaient décidé d'enfourcher leur vélo pour évacuer toute la tension accumulée pendant l'interrogatoire. Romain n'avait pas revu son père depuis, occupé à nourrir les bêtes. D'ailleurs, il n'en avait pas vraiment envie, mal à l'aise et indécis quant à son implication dans les incidents de la veille – manif et incendie compris.

Ils enfilèrent leur tenue Continental, histoire de frimer. Romain appela Anthony, qui habitait à cinq kilomètres, pour l'inviter à rouler avec eux. Anthony accepta avec empressement.

— On se retrouve au carrefour de Puyravault ? On pensait rouler dans le marais, il n'y a pas de vent.

— Nickel, à toute.

— Hé, on est en Continental !

— Bien vu, j'arrive !

*

Thomas roulait sur la route étroite, à l'ombre des haies. Le mouvement, la vitesse, lui firent le plus grand bien. À vrai dire, les choses s'étaient enchaînées si vite qu'il avait l'esprit embrouillé, et la fatigue n'arrangeait rien. Madame Roy ; la course junior ; l'interruption de l'étape ; l'altercation entre Romain et un coureur de Betagreen ; l'incendie ; les questions des gendarmes ; le rôle de Michel… La tête lui tournait. Il se promit d'appeler ses parents pour les rassurer. Il attendait juste de retrouver une voix plus assurée pour le faire.

Il faisait un temps splendide, comme la veille et l'avant-veille. Pas de vent, une chaleur supportable, quelques moutons dans le ciel, dispersés : une véritable invitation aux vacances, au repos, après des mois de travail soutenu. Les résultats de ses examens allaient bientôt tomber. D'après ses calculs, il passait en deuxième année sans trop de difficultés, notamment grâce à ses notes en électrostatique et en mécanique du point. À son plus grand regret, la physique quantique, sujet complexe, n'était abordée qu'en troisième année de licence. Henriette, sa grand-mère, le poussait chaque jour à anticiper les cours :

— Albert Einstein travaillait à l'Office des Brevets lorsqu'il a publié sa thèse. Tu crois vraiment que tu as besoin d'un cadre pour progresser ? Qui veut peut ! Hein, Thomas : qui veut peut !

Anthony, frais comme un gardon, les piqua au vif :

— Le dernier arrivé à Croix-Chapeau offre un verre. C'est parti ?

Thomas, pied à terre sur le bord de la route, reposa son bidon sur son cadre de vélo.

— Pourquoi Croix-Chapeau ? Je n'ai aucune envie de retourner là-bas...

Regard suppliant et enjôleur, Anthony forma un cœur avec ses mains.

— J'ai vu une fille là-bas... Je crois que c'est une amie de Claire.

— Et ?

— Ben quoi, idiot, tu veux un dessin ?

Romain haussa les épaules en rigolant :

— Donc tu nous emmènes à Croix-Chapeau pour une fille dont tu ne connais même pas le nom, c'est ça ?

Anthony sourit. Romain rattacha son casque :

— Thomas, tu suis ?

Ce dernier soupira :

— Le dernier offre un verre...

*

Anthony, malgré tous ses efforts, fut le dernier à dépasser le panneau indiquant l'entrée de Croix-Chapeau. Il offrirait donc les bières.

Traversant le village, il aperçut Romain et Thomas au bord de la route, devant la maison de madame Roy. Il s'arrêta près d'eux, descendit de vélo. De la main, Thomas lui indiqua le portail de la maison :

— Tu as vu, ils ont posé des rubalises et des scellés sur la porte. C'est flippant, non ?

— Des quoi ?

— Des rubalises. Des rubans, quoi, comme dans les films : interdit au public, danger, scène de crime…

— On voit que ton père est gendarme, toi !

— Ben quoi, tu ne regardes pas les séries Netflix ?

Romain ajouta :

— Ils ont même interdit l'accès au jardin. Vous croyez qu'ils ont trouvé des indices ?

Personne ne répondit. Thomas respira profondément. Il ne se sentait pas très bien, devant cette maison. Il empoigna son vélo :

— Je dégage.

— Ça te rappelle trop de mauvais souvenirs ?

Il soupira.

— En fait, quand j'ai poussé la barrière du jardin et que je me suis accroupi près de madame Roy, j'ai tourné le dos à la maison…

Il se tut, joua machinalement avec son compteur GPS. Romain s'énerva :

— Et ?

— Eh bien, j'ai senti comme… comme une présence dans mon dos. Je me suis retourné, mais je n'ai rien vu de bizarre.

— C'était pas Marc ?

— Non, Marc est arrivé plus tard, j'avais déjà appelé les secours.

— Tu t'es relevé pour vérifier qu'il n'y avait personne dans la maison ?

— Non… en fait… c'était plutôt comme si quelqu'un m'observait…

— Depuis la maison ?

Thomas grimaça.

— Je ne sais pas. C'est juste une impression…

Anthony appuya son vélo contre un panneau stop et, d'un mouvement vif, sauta sur le mur, s'égratignant sur la végétation qui l'envahissait. Thomas eut un mouvement de recul :

— T'es dingue ! Qu'est-ce que tu fais ?

— Je regarde, c'est tout…

Il se pencha, en équilibre précaire. Il balaya la pelouse des yeux. La façade de la maison, de plain-pied, était en mauvais état, envahie par le lierre. La peinture blanche des trois fenêtres s'écaillait, tout comme celle des volets marron et de la porte d'entrée. Une rubalise en interdisait l'accès. De chaque côté de la maison, une mince bande de terre permettait de longer les murs aveugles. Anthony essaya d'apercevoir s'il existait un terrain derrière la maison, sans succès. Il désigna du doigt une zone du jardin.

— On voit encore l'herbe piétinée.

Romain, inquiet, lui demanda de descendre. Anthony se mit à marcher sur le mur, longeant le terrain. Il était souple comme un chat, sûr de lui. Pourtant, il faillit perdre l'équilibre lorsqu'un morceau d'enduit se détacha du mur. Il éclata de rire, poursuivit son trajet jusqu'au coin du jardin, puis sauta sur le trottoir.

— Regardez, sa poubelle est encore là. Vide ou pleine ? Indices ou pas indices ?

Anthony ouvrit le couvercle, en sortit un sac noir.

Il balança le sac à Romain et, enfourchant son vélo, il fila à toute vitesse, laissant les deux autres interloqués.

— Je fais un tour en solo et on se retrouve au lac. J'amène les bières !

*

À Aigrefeuille, la tourbe du marais, au nord-est du bourg, avait permis aux habitants de se chauffer durant les deux guerres mondiales. L'extraction de cette tourbe avait engendré de nombreux trous d'eau qui, une fois aménagés, avaient donné naissance au lac de Frace. Cet endroit, très apprécié l'été car frais et ombragé, était le lieu de rendez-vous préféré des Aigrefeuillais et des cyclistes de l'USAC, située non loin de là.

Romain et Thomas s'étendirent dans l'herbe, sous un peuplier. Romain avait déposé le sac près de son vélo, furieux d'avoir eu à le transporter. Un léger vent faisait frémir les feuilles, qui s'agitaient sous la lumière argentée.

— La vue de ces feuilles qui scintillent me donne toujours soif. Il arrive quand, avec sa bière ?

Thomas ne répondit pas. Il essayait de se détendre, de faire disparaître la pression accumulée, sans vraiment y parvenir. Trop d'événements, trop vite… Le corps collé au sol, les yeux dans le ciel, il laissa ses pensées dériver.

Il attendait l'étape du jour avec impatience, après deux jours de plat. Côté favori, à l'exception d'une victoire française, il n'avait pas de préférence entre Alaphilippe et Pinot, Bardet ayant préféré zapper le Tour pour être en pleine forme sur le Giro. Est-ce que Michel regarderait la fin de l'étape avec eux ? Il l'espérait. Il n'avait pas vu le père de Romain depuis deux jours, ne voulait pas que sa présence prolongée à la ferme le contrarie. Et puis à vrai dire, il espérait aussi entendre son point de vue sur la manif et l'incendie de l'hôtel. Rien de tel pour dissiper les doutes et les supputations malsaines.

Romain, assis, jouait avec une herbe haute et essayait de siffler en la calant entre ses pouces, sans succès. Lui cherchait à s'occuper l'esprit, pour ne penser ni à son père, ni à la coopérative, ni à l'image des agriculteurs auprès des Français, ni à Valentin Archer, entre la vie et la mort… Sur le téléphone de Thomas, à plein volume, les Wampas rendaient hommage au cycliste italien Marco Pantani :

Non mais vraiment qu'est-ce qui t'a pris
D'aller mourir à Rimini,
Tu allais plus haut, plus vite que les autres,
J'espère que tu n'as pas raté le paradis…

Anthony arriva, rouge, essoufflé. Il sortit une bouteille d'eau glacée de son maillot de cycliste.

— Alors, il y a un cadavre dans le sac-poubelle ?

Il but plusieurs gorgées, jeta la bouteille à Thomas et s'allongea près d'eux.

— Rien, personne dans les rues de Croix-Chapeau. Et pas non plus la fille que…

Il soupira. Romain se mit à rire :

— Tu crois vraiment qu'elle allait passer la journée à t'attendre ? Tu ne doutes vraiment de rien !

Anthony haussa les épaules :

— Mais j'ai rencontré un copain, un ancien du bahut. Il habite la même rue que madame Roy. Et vous savez quoi ?

Les deux autres garçons ne réagirent pas.

— Après la perquisition, les gendarmes sont sortis avec plusieurs sacs de la maison de la victime. Les sacs étaient opaques, impossible de savoir ce qu'ils contenaient.

Anthony sauta sur ses pieds et, d'un geste décidé, s'empara du sac. Il arracha le lien et renversa son contenu en un éclair. Thomas, juste à côté, se poussa en criant. Malgré leur dégoût, tous trois s'agenouillèrent pour observer le contenu. Qui sentait terriblement mauvais. Ils se bouchèrent le nez, face à face avec des restes de nourriture avariée, des pots de yaourts et d'emballages salis. Plutôt une poubelle de cuisine qui, après trois ou quatre jours sous le soleil, pourrissait à vitesse grand V. Thomas pointa du doigt quelques morceaux de papier :

— Des coupures de journaux…

Il s'empara d'un bâton, fouilla dans le tas. Il en sortit quelques articles, ou plutôt des titres voire des mots découpés. Les bords étaient nets, taillés aux ciseaux.

— Elle faisait du collage, la vieille ? demanda Anthony.

— Oh, un peu de respect !

Thomas, doté d'une excellente mémoire, photographiait mentalement les papiers.

— Ça sent la lettre anonyme à plein nez, non ?

— Ou bien elle collectionnait les articles sur un sujet précis ?

Thomas s'emporta :

— Vous voyez bien que ce ne sont que des mots. Ou même des lettres.

Il désigna un T majuscule, italique. Il empila les morceaux de papier et, malgré leur état rebutant, les fourra dans la poche arrière de son maillot. Il inspecta une dernière fois le tas avec son bâton.

— Anthony, remets ça dans le sac, il ne reste plus rien d'intéressant.

L'air dégoûté, ce dernier s'exécuta en râlant et alla jeter le tout dans une poubelle non loin de là, au bord de l'eau.

— On bouge ? Parce que les vieux qui découpent la presse et qui mangent des yaourts nature, ça me file le cafard.

21

HENRIETTE ET MONIQUE

Henriette donna un coup de canne sur l'arrière du bus.

— Attendez-nous enfin !

Le chauffeur s'arrêta et ouvrit les portes. Henriette et Monique se hissèrent à grand-peine à l'intérieur.

— Deux billets pour Saint-Martin. Dites-donc, quelle chaleur ! C'est une étuve votre bus !

Tickets en poche, les deux femmes s'assirent tout au fond du bus. Elles jubilaient. Bien entendu, Henriette n'avait nullement le droit de sortir d'Ars sans prévenir. Mais elle n'avait pas voté cette règle, qu'elle jugeait contraire à ses libertés individuelles, et refusait donc de s'y plier. Sa tête lui avait permis de taper le code pour sortir de la résidence, ses jambes la porteraient bien dans Saint-Martin ! D'ailleurs, il le fallait absolument. Monique et elle s'y rendaient pour des raisons capitales – voire vitales.

Derrière les vitres du bus, des hordes de cyclistes bataillaient sur la piste cyclable, certains torse nu, d'autres tartinés de crème blanchâtre. En sens inverse, les voitures, à l'arrêt sur la D735, klaxonnaient. Le cœur d'Henriette se pinça. Elle détestait voir son île ainsi, livrée aux touristes et aux marins d'eau douce. Elle détestait l'aménagement léché des villages, les trottoirs bitumés, les lampadaires fioriturés et les panneaux touristiques colorés et agressifs. Elle se sentait comme dans un village Playmobil, bien rangé et irréel. Seule la réserve de Lilleau des Niges, une zone protégée, lui rappelait l'île de son enfance, sauvage et magnifique, battue par les vents, caressée par les nuages…

Soudain, un enfant se mit à crier. Monique se boucha les oreilles en pestant contre les mères d'aujourd'hui, débordées et nonchalantes. Henriette aperçut avec soulagement les remparts de la ville. Elles descendirent bras dessus bras dessous, comme au bon vieux temps. Sur le trottoir à l'ombre, elles trottinèrent, chapeaux de paille de travers, les yeux brillants. Une cloche tinta quand elles ouvrirent la porte de la droguerie quincaillerie de Saint-Martin.

Un adolescent les salua et leur demanda ce qu'elles cherchaient.

— Un meurtrier. Vous vous y connaissez en meurtres ? demanda Henriette.

Le jeune homme ouvrit des yeux ahuris.

— En… meurtres ?

Monique reprit la situation en main :

— Vous vendez de l'attractif pour guêpes et frelons ?

— Bien sûr, venez voir.

Elles le suivirent tant bien que mal dans les rayons, assaillies par l'odeur de bougies parfumées, de désinfectant et d'essence. Il saisit un flacon et le leur montra.

— Voilà. Ce modèle est très efficace. *Proclean*.

— Vous l'avez testé ? Vous pouvez me lire la composition ?

Le garçon déchiffra le flacon en plissant les yeux :

— Extraits d'arômes alimentaires, acide acé... acétique en solution aqueuse.

— Mode d'emploi ?

— Verser 125 ml d'attractif dans le piège. Ajouter la quantité d'eau nécessaire pour atteindre le repère du niveau. Suspendre le piège à l'ombre en cas de forte chaleur. Son efficacité est de 10 à 12 jours.

Henriette lui arracha des mains le flacon et ouvrit le bouchon.

— Ben... vous l'avez ouvert !

Le garçon la regardait avec des yeux globuleux.

— Évidemment que je l'ai ouvert ! Dites donc, ça pue votre truc !

Elle se tourna vers Monique, radieuse :

— Tu vois : impossible de balancer ça sur un tissu en toute discrétion. Ça sent trop fort.

Le vendeur réagit :

— C'est parce que ce n'est pas dilué. L'étiquette dit (le vendeur reprit la fiole des mains d'Henriette) : « Ce produit est sans odeur et agit immédiatement à toutes les températures ambiantes. »

Henriette lui tapa le pied avec sa canne :

— Vous feriez un tueur remarquable ! Mais réfléchissez un peu : si cette mixture avait été diluée, elle n'aurait pas eu l'effet qu'elle a eu !

Il ouvrit la bouche, fronça les sourcils. Monique pouvait lire ses pensées sur son visage poupin. Henriette expliqua :

— Si vous diluez, vous attirez mois de guêpes – ou de frelons. Or, il faut plusieurs dizaines de piqûres de guêpes pour déclencher une hypotension artérielle et mettre en jeu le pronostic vital en quelques minutes, même si la victime n'est pas allergique. Donc…

Elle l'invita à conclure. Mais il restait immobile, la bouche entrouverte.

— Donc vous ne devez pas diluer le produit et vous vous débrouillez pour le balancer sur votre victime, en étant certain de la présence de guêpes – ou d'un essaim – à proximité… Le meurtre parfait !

Le vendeur sortit de sa léthargie, sautilla sur ses jambes comme un boxeur :

— Faux ! Parce que l'odeur sur la victime vous dénonce directement. On tourne en rond, non ?

Henriette s'immobilisa, le front tout plissé sous son chapeau. Elle réfléchit. Puis arracha le flacon sans ménagement, le glissa sous son bras et fouilla dans la poche de sa robe.

— C'est combien ? demanda-t-elle d'une voix contrariée.

*

Attablée devant deux bières fraîches – une brune et une blanche –, Henriette suivait d'un œil l'étape du jour sur la télévision en hauteur du *Café de la Paix*. Le patron et plusieurs touristes suivaient la course avec attention, et ils montèrent le son pour ne rien perdre des commentaires. Monique hurla dans l'oreille de son amie :

— Alors, dilué ou pas dilué ?

Henriette vida son verre d'un trait. Elle prit un air supérieur qui exaspéra Monique.

— La question n'a aucune importance. Ce qui compte, c'est le crocodile.

Monique éclata de rire. Elle gloussa :

— Le crocodile ? C'est le nom de ta bière artisanale ?

— Non, l'animal, le crocodile. Et tu sais pourquoi ?

Le patron leur fit signe de se taire :

— Regardez, l'équipe Ineos refait le coup de la bordure, comme l'an dernier !

Henriette se leva et s'approcha de la télé. Sur l'écran, Geraint Thomas, Michal Kwiatkowski, Jonathan Castroviejo, Wouter Poels et Egal Bernal étaient placés en éventail, sur toute la largeur de la route. Derrière, la file indienne des coureurs s'étirait. Et entre ces coureurs-là, les écarts augmentaient, faisant apparaître une cassure. Car le vent, de côté, les épuisait plus vite, contrairement à ceux de l'équipe Ineos, qui se protégeaient du vent entre eux. Dans le café, les supporters étaient bouche bée.

Henriette fit la moue et retourna s'asseoir. Elle vida son verre. Monique, debout devant la télé, encourageait le maillot jaune, en difficulté derrière les Ineos. Il restait encore cinquante kilomètres avant l'arrivée. Elle finit toutefois par rejoindre son amie, non sans avoir commandé une menthe à l'eau avec beaucoup de glaçons.

— Alors, pourquoi le crocodile ?

— La femelle crocodile, après pondaison, recouvre ses œufs de sable jusqu'à l'éclosion, une centaine de jours plus tard. C'est la température du nid qui détermine si les bébés seront mâles ou femelles. Eh bien avec les guêpes, c'est pareil !

— Tu crois que l'assassin a fait un élevage d'œufs de guêpes ?

— Mais non ! Le point commun, c'est la température ! L'assassin a endormi un essaim de guêpes, l'a transporté chez madame Roy et une fois celle-ci aspergée, a libéré les guêpes, en plein soleil et en pleine chaleur, comme on libère un fauve…

Monique secoua la tête.

— Je ne suis pas sûre de bien comprendre…

Henriette s'énerva. À dire vrai, elle était déjà énervée. Contre ce meurtre qu'elle ne pouvait résoudre faute d'être sur place et de pouvoir enquêter correctement ; contre le Tour de France qui n'apportait que de mauvaises nouvelles ; et même contre son petit-fils qui ne lui en envoyait pas assez… Henriette enfonça son chapeau de paille sur la tête et se mit debout, appuyée sur sa canne.

— Je rentre, je suis fatiguée.

Les yeux de Monique s'arrondirent.

— Mais je viens de commander une menthe à l'eau.

— Tu n'as qu'à rester. Moi, je rentre.

— Non, attends-moi, j'arrive. Je vais régler.

*

Les deux femmes regagnèrent l'arrêt de bus sous la chaleur de juillet, après avoir fait un détour pour acheter les journaux du coin. Assise par terre à l'ombre du panneau indiquant les horaires des navettes, une jeune fille aux cheveux bleus suivait l'arrivée de l'étape sur son portable. Les cyclistes n'étaient qu'à quelques kilomètres de Sarran et une échappée s'était formée, composée de six cyclistes.

— Il y a des Français dans l'échappée ? demanda Monique à la jeune fille.

Celle-ci soupira :

— Aucun…

Le bus pour Ars arriva, bondé. Deux hommes se levèrent pour laisser leur place. Henriette, épuisée et agacée par cette virée sans intérêt, s'endormit sur l'épaule de Monique, bouche grande ouverte.

22

JOURNAL INTIME [4]

À quinze ans et onze mois, invisible et silencieux, j'ai quitté l'école.

Une ferme dans la Beauce m'a embauché pour les travaux d'été. Je dormais à la dure, je travaillais comme un forcené, jour après jour. Le propriétaire m'a payé. Il m'a proposé de travailler encore quelques mois – je bossais bien, je n'étais pas bavard, pas regardant. La nuit, je dormais d'un sommeil de plomb, abruti de fatigue et de grand air. J'ai beaucoup appris. Les moissons, les céréales, les cultures. J'apprenais à la force de mes bras.

Parfois, des bribes de mots me revenaient, mortifères, impitoyables. « Ton père s'est bien foutu de toi. Ta mère est une traînée. Sale bâtard. »

J'ai mué comme la vipère aspic, souvent à l'étroit dans ma nouvelle peau, froide et rêche. Je travaillais pour m'abrutir de fatigue, pour que mes souvenirs ne troublent pas mes nuits.

Après, j'ai été embauché dans une autre ferme, puis encore une autre, dans différentes régions. J'ai piloté des engins, je me suis occupé d'un troupeau, j'ai appris à faire cailler le lait, j'ai surveillé les cultures, j'ai mis les bêtes au monde. J'ai pris encore des muscles, j'ai grappillé des miettes de confiance.

Sou après sou, j'ai mis de l'argent de côté. Sans jamais dépenser.

Je n'avais aucune idée de l'avenir. Je travaillais pour éviter de penser – c'est bien le seul avantage du travail manuel. Je travaillais du lever au coucher du soleil, pour anesthésier l'angoisse, comme d'autres s'abrutissent devant les écrans ou se défoncent à la drogue. Je survivais en me tuant à la tâche.

Les soirs d'été, je n'avais même plus la force de séduire les filles.

ÉTAPE 13

CHÂTEL-GUYON – PUY MARY

VENDREDI 10 JUILLET

23

COMMANDANT TOUVIER

En se rasant devant la glace, Nicolas Touvier, enquêteur au sein de la brigade de recherches d'Angoulême, s'interrogeait. Aigrefeuille, réputé pour son calme et sa douceur de vivre, se retrouvait au centre de deux enquêtes : l'une pour meurtre, l'autre pour incendie volontaire ayant fait un blessé grave. Coïncidence ou lien factuel ? Il s'aspergea le visage, s'essuya dans sa serviette. Noé, son fils de cinq ans, ouvrit la porte :

— On part à l'école, papa. Bonne journée !

Il l'embrassa.

— Bye Noé ! Tu me raconteras ton cours de judo ?

Le garçon hocha la tête, les yeux emplis de fierté, agita la main et partit en courant. Touvier enfila sa chemise d'uniforme. Il devait retourner à Aigrefeuille ce matin, poursuivre les interrogatoires et faire le point avec les gendarmes de la brigade locale. Il se brossa les dents. Quel lien pouvait-il y avoir entre une vieille dame et un incendie contre une équipe cycliste ? Il cracha la mousse, eut un haut-le-cœur. La première question à se poser était plutôt : quelles étaient les intentions de la personne qui avait mis le feu à l'hôtel où résidait l'équipe Betagreen

IDS ? Et y avait-il eu volonté de blesser ou de tuer un ou plusieurs membres de cette équipe ? Touvier secoua la tête : déjà deux questions… Il passa sa main dans ses cheveux courts, aplatit un épi. Sa femme passa la tête par la porte :

— C'est toi qui as les clés de la voiture ?

Il fouilla ses poches, lui lança le trousseau :

— À ce soir !

*

Au volant du véhicule de gendarmerie, Touvier refit le trajet en sens inverse. À Saint-Jean-d'Angély, il apprit à la radio que Valentin Archer, dossard 152 de l'équipe Betagreen, était sorti du coma et que son état, bien que préoccupant, était stable. Il inspira une grande goulée d'air. Voilà qui allégerait les modalités de l'enquête…

Il arrêta sa voiture devant la brigade d'Aigrefeuille-d'Aunis, avenue des Marronniers. À l'intérieur, il régnait une certaine agitation. Un homme, chauve et baraqué, demandait avec insistance à être reçu par le commandant de la brigade, l'adjudant-chef Berthet, tandis qu'un groupe attendait derrière lui, bruyant et impatient. Le sous-officier à l'accueil expliqua pour la troisième fois à l'homme chauve que le gendarme Berthet n'était pas disponible. Touvier s'approcha, salua le sous-officier et s'adressa à lui :

— Commandant Touvier, de la brigade de recherches d'Angoulême. Je peux vous aider ?

L'homme se tourna vers lui et lui tendit la main :

— Pascal Gaillard. J'ai été entendu hier par l'adjudant-chef Berthet et l'adjudant Clément. Je souhaiterais apporter des précisions sur la manifestation des agriculteurs. Inutile de vous dire que c'est très important.

— Je suis également en charge de l'enquête. Suivez-moi.

Les deux hommes prirent place dans la salle de réunion.

— Je vous offre un café ? demanda Touvier.

Pascal Gaillard refusa. Assis sur la chaise, il regardait Touvier avec suffisance.

— J'ai appris qu'on avait retrouvé une casquette blanche près de l'hôtel incendié à Chauvigny, avant-hier soir, et qu'elle appartiendrait à Michel Delage. C'est vrai ?

Touvier fut surpris par son ton agressif.

— Pourquoi ?

— Je déteste les rumeurs. Vous comprenez, Michel est un peu comme mon associé. Nous avons créé tous les deux la coopérative. Alors je ne veux pas d'ennuis… et je veux savoir si cette casquette est bien la sienne.

Touvier réfléchit à toute vitesse.

— Un vêtement retrouvé sur les lieux d'un crime ou d'un incendie n'est jamais une preuve, jamais. Je vous le certifie. C'est tout ce que vous vouliez savoir ?

— Je voulais aussi vous signaler que le hangar dans lequel je stocke mon matériel agricole a été fracturé. Quelqu'un a fait sauter le cadenas et s'y est introduit.

— On vous a volé quelque chose ?

— Non, j'ai fait le tour, je n'ai rien vu d'anormal. Il n'empêche, on a voulu rentrer dans mon local… Vous comptez faire quoi ?

— Je vais en référer à l'adjudant-chef Berthet. Il vous contactera dans la journée.

Touvier se leva :

— Autre chose ?

Pascal Gaillard grimaça. Il n'aimait pas voir son cas traité aussi rapidement. Il se résigna, salua le commandant et quitta la gendarmerie.

*

L'adjudant-chef Berthet, debout derrière son bureau, résumait à Touvier et à Clément son entretien avec Harry Morton, le directeur sportif de l'équipe Betagreen IDS. Il l'avait rencontré la veille, dans le gîte près de Chauvigny, quelques heures avant le départ de l'étape. Clément l'interrompit :

— D'ailleurs, vous avez vu l'étape ? C'est Geraint Thomas qui l'a remportée, avec le coup de la bordure ! Du grand art !

Touvier sourit. Il n'était pas spécialement amateur de cyclisme, mais voir un tel enthousiasme lui donnait envie de regarder une course. Berthet s'assit en face d'eux :

— Harry Morton a été embauché en 2018 par le groupe Betagreen pour monter et entraîner une équipe cycliste. Il n'a jamais rencontré le P.-D.G. américain, mais des représentants du groupe basés au Luxembourg. Le groupe lui a alloué des budgets confortables pour remplir à bien sa mission – c'est lui-même qui le dit. Le but de Betagreen : mettre en avant cette discipline sportive et promouvoir des valeurs comme l'esprit d'équipe, l'entraide et le respect des règles.

Clément sourit :

— Blablabla. Classique. Ça montre bien qu'ils ont quelque chose à cacher.

Touvier se tourna vers Clément, avec un air fâché qui le vieillissait.

— Vous pourriez développer ?

Clément le gratifia d'un grand sourire, franc et lumineux :

— Le *green washing*, vous connaissez ? On est en plein dedans. Une entreprise, polluante à mort, oriente ses actions marketing et sa communication vers un positionnement écologique pour redorer son image de marque. Écœurant. Typique de Betagreen. Ils ont investi dans un bateau de course pour la transat Jacques Vabre, soutenu une cordée pour atteindre l'Everest tout en participant à une vaste opération de nettoyage de la zone, etc., etc. Du *green washing*. C'est pourquoi les gens d'ici râlent.

Il se tut, conscient que ce n'était pas exactement le sujet de cette réunion. Mais Touvier l'incita d'un signe de la tête à continuer.

— Ici, ils manifestent parce qu'ils ne veulent pas se faire avoir comme les autres, dans les pays où se sont implantées les filiales de Betagreen. Ils ne veulent pas d'un groupe américain qui pollue tout sur son passage, qui n'a aucune éthique, et qui fait l'inverse de ce qu'il dit. D'autant que la justice française manque de moyens pour riposter et faire condamner ce géant.

Touvier regarda Berthet :

— Harry Morton est français ?

— Il a la double nationalité, il est franco-américain. Son père est texan, sa mère du sud de la France. Avant de bosser pour Betagreen, Morton travaillait à son compte comme coach sportif pour particuliers et entreprises en région parisienne. C'est comme ça qu'il a rencontré un des dirigeants de Betagreen. Son profil a plu. L'argent a fait le reste.

Berthet, les manches retroussées, croisa les bras. Il reprit la parole :

— Maintenant, concernant l'altercation avec son coureur, il avoue qu'il s'est laissé déborder. Il dit regretter ses propos et espère que Valentin réintégrera rapidement son équipe – même s'il en doute, vu la gravité de ses brûlures…

Clément fit un saut sur sa chaise, passablement énervé.

— Évidemment ! Le coureur qu'il insulte est retrouvé quasi mort le lendemain. Il ne va pas dire que c'est exactement ce qu'il souhaitait !

Touvier fut surpris de la liberté de ton de Clément. À chaque nouvelle enquête sur laquelle ses supérieurs l'envoyaient dans tout le secteur d'Angoulême – de Ruffec à Cognac –, il découvrait des gendarmes, des brigades, avec des manières de fonctionner différentes, parfois étonnantes, parfois problématiques. Il aimait la franchise de Clément, et son implication.

L'adjudant-chef Berthet poursuivit :

— Harry Morton est réputé pour ses colères. Toujours à fleur de peau, il est très susceptible. Sur le Tour, il est craint et évité. Ses coureurs souffrent aussi en retour de cet isolement.

Clément se leva, fatigué de rester assis sur sa chaise, et s'adossa à l'armoire fermée à clé.

— Ok. Et quel est le rapport avec l'incendie ? Ou plutôt, quel intérêt aurait Harry à neutraliser un de ses coureurs ?

Touvier haussa un sourcil :

— Peut-être aucun, peut-être plusieurs. Il faut attendre les résultats de la police scientifique, voir s'ils arrivent à dérouler les faits et à mettre un nom sur le ou les auteurs de l'incendie. Mais en attendant, il faut nous s'imprégner du contexte, comme des personnes du premier et deuxième cercle de la victime. C'est indispensable.

Berthet resta silencieux un long moment. Les yeux fixés sur un point devant lui, il réfléchit à voix haute :

— Je me demande vraiment si les deux affaires sont liées... Quel pourrait être le point commun entre madame Roy et Valentin Archer, voire l'équipe Betagreen ?

Il releva la tête :

— Clément, vous allez m'éplucher la vie de madame Roy. Idem pour Valentin Archer.

Comme son adjoint ne bougeait pas, il ordonna :

— Tout de suite.

Clément obéit et salua Touvier avant de quitter la pièce.

24

MICHEL

Michel, du haut de sa moissonneuse, avalait les hectares de terre. La cabine était climatisée et il s'en réjouissait, sous la lumière verticale et aveuglante du soleil. Connaissant par cœur les courbes et les dimensions du champ qu'il cultivait depuis plus de dix ans, son esprit divaguait et il repensait sans cesse à sa casquette blanche. Impossible de trouver le sommeil cette nuit. Il s'était tourné et retourné, entendant les heures sonner à la comtoise du salon. Ce qui le paniquait – le terme n'était pas trop fort – était que quelqu'un lui en veuille à ce point ; et le fait qu'il pouvait être accusé d'avoir volontairement mis en danger la vie d'autrui lui semblait secondaire. Il n'aurait jamais imaginé devenir un jour une cible à abattre. Car c'était bien ce qu'il était devenu.

Il avait passé la nuit à se demander quelles en étaient les raisons. Il avait repassé les dernières années de sa vie en revue, avait volontairement survolé la période douloureuse de la mort de son épouse, s'était longuement arrêté sur son travail, ses relations professionnelles. Puis il avait examiné son voisinage, essayant de découvrir de possibles conflits d'intérêts… sans résultat. Le fait que ce soit sa casquette blanche, et précisément celle-là, à laquelle il était très attaché sentimentalement, l'inquiétait. Comme un mauvais présage.

Comment sa casquette, qu'il portait lors de la neutralisation de la course, s'était retrouvée dans l'enceinte de l'hôtel ? Il était incapable de se souvenir quand il l'avait enlevée, où il l'avait posée… et donc qui avait pu s'en emparer. Une telle défaillance de sa mémoire le rendait fou. Il revivait le déroulement des événements passés et, à chaque fois, il se heurtait à ce mystère, ce trou noir. Au volant de sa moissonneuse, il tournait en rond, au sens propre comme au sens figuré.

*

À midi, il arrêta la moissonneuse. Le travail avait bien avancé, mais il avait besoin d'une pause, lessivé après sa nuit blanche. Il entra dans la cuisine, protégée de la chaleur par les épais murs en pierre. Pieds nus sur le carrelage, il but une bière au goulot. Il prépara une salade avec tout ce qui lui tomba sous la main : tomates, emmenthal, restes de pâtes, maïs. Il arrosa copieusement le tout de vinaigre balsamique et d'huile d'olive, et s'attabla devant son assiette. Après deux bouchées, impossible d'avaler quoi que ce soit. Il repoussa l'assiette. La peur lui serrait la gorge. Il posa sa tête sur ses bras repliés, et demeura longtemps ainsi.

C'est le bruit de la portière qui le réveilla. Son esprit mit du temps à émerger. La voix de Romain le fit sursauter :

— Ça va ?

Il le dévisagea un long moment, lut de la suspicion dans le regard de son fils. Il expliqua, la bouche pâteuse.

— Je me suis endormi…

Michel aperçut Thomas sur le seuil de la porte, se leva.

— Vous avez déjeuné ? Je vais vous faire à manger…

— Non, laisse, je vais le faire.

Romain lui tourna le dos, s'affaira près de l'évier :

— Thomas, tu veux grignoter un bout ?

Ce dernier mourait de faim.

— Je vais t'aider. Michel, tu veux un dessert ? Je fais une salade de fruits.

— Non, pas envie, merci… avec cette chaleur…

Sa phrase sonna faux, et il se tut. Les garçons s'attablèrent à leur tour et mangèrent en silence.

— Café ?

Michel se leva pour le préparer. Soudain, Romain se leva et s'approcha de lui :

— Alors, tu y étais, mercredi, à la manif ?

Michel ferma les yeux. Son visage était gris.

— Oui, j'y étais… J'y étais parce que je n'ai pas trouvé d'autres moyens de pression. J'y étais, faute de mieux. Tu m'en veux ?

Romain le regarda dans les yeux :

— Tu fais tes choix et je n'ai rien à dire – je n'aurais pas fait les mêmes, c'est tout. Mais il y a une chose qui me gêne. C'est qu'on cause à ton sujet, derrière ton dos. Et je n'aime pas ce qu'on raconte.

Michel fut pris d'un vertige, se retint à l'évier. Sa voix fut si faible qu'il dut répéter deux fois sa phrase pour se faire comprendre :

— Et qu'est-ce qu'on dit ?

Romain se rapprocha encore un peu de lui :

— Qu'on aurait retrouvé ta casquette près de l'hôtel, tu sais, la blanche, celle que…

Il ne put continuer, gorge nouée. Michel ne dit pas un mot, le corps immobile, dans l'attente. Romain s'énerva :

— C'est vrai ou c'est pas vrai ?

Avec lenteur, Michel mit en route la cafetière, retourna s'asseoir. Thomas avait fini son assiette, et n'osait pas se lever.

— C'est vrai. Les gendarmes ont retrouvé ma casquette. Apparemment, ils l'ont retrouvée derrière l'hôtel, près du mur d'enceinte.

Romain se pencha vers lui :

— Et ?

Michel tourna la tête de droite à gauche.

— Et je ne sais pas, je ne comprends pas comment elle s'est retrouvée là-bas.

Romain empoigna une chaise et la renversa. Il se mit à hurler :

— Ta casquette a été retrouvée là-bas et tu ne sais pas comment ?

Thomas se leva d'un bond et fit signe à Romain de se calmer. Ce dernier continua à hurler :

— Et toi, tu sors, ok ? Ça ne te regarde pas !

Thomas obtempéra et referma sans bruit la porte derrière lui.

*

Allongé sur son lit, Michel fixait sans la voir une ombre sur le plafond. La lumière vive de l'après-midi filtrait à travers les persiennes et striait le parquet en bois foncé de la chambre.

Il respirait par saccades et attribuait cela à la chaleur et au manque de sommeil. Épuisé, il n'avait pas repris la moisson, s'était donné une heure pour se reposer. La tasse de café refroidissait sur la table de nuit. Derrière lui, au mur, un pêle-mêle de photos, aux couleurs passées, rappelait quelques temps forts de la vie à la ferme : ses parents, âgés, sur le seuil de la maison ; lui-même, embrassant sa femme le jour de leur mariage ; Romain, dans les bras de sa mère ; Romain sur un podium, première coupe à la main, fier comme Artaban ; une photo de classe et sa femme, souriante, au milieu des enfants ; une photo de leurs vacances à Cassis, dans le Sud. Pas de photo liée à son boulot ou la coopérative. Celles-ci étaient affichées au-dessus de son bureau, et la pile grandissante des dossiers entassés les dissimulait chaque jour un peu plus : les débuts de la coopérative ; l'agrandissement du hangar ; Pascal et lui devant les locaux flambants neufs de la boutique ; Romain et lui, souriants, tenant fièrement le numéro d'immatriculation de leur groupement agricole d'exploitation en commun…

Michel se retourna sur son lit et fixa la poignée de sa porte. Sa respiration s'accéléra encore un peu plus. Il se sentait pris au piège. Indépendamment de cette casquette déposée près de l'hôtel et destinée à lui nuire, il était envahi de doutes concernant la coopérative, sa gestion, et les hommes et les femmes qui la constituaient. C'était la première fois en dix ans que de telles pensées le submergeaient, et cela le terrifiait – comme un sol qui se dérobe sans signes avant-coureurs. Il se retourna encore, ferma les yeux. Il venait de faire un prêt de 20 000 euros pour renouveler le matériel de traite. Grâce à la coopérative, il avait obtenu un bon taux à la banque. Et s'il venait à quitter la coopérative ? Michel se redressa, s'étouffant, toussant. Il se précipita dans la salle de bains, juste à côté de la chambre. Il but quelques gorgées, s'aspergea le visage, et s'assit sur la baignoire. L'air frais et humide de la pièce lui fit du bien. Il s'assit sur le carrelage blanc et froid, tête entre les mains. Il connaissait la réponse : s'il quittait la coopérative, il lui faudrait renégocier les conditions financières, qu'il savait nettement moins favorables. Cela voulait dire remprunter pour pouvoir rembourser le prêt. Un cercle vicieux dont il ne voulait pas : il avait vu trop de collèges tomber dans la spirale, aux conséquences lourdes, souvent cruelles. De plus, il était lié à Romain : leur groupement agricole commun prévoyait une répartition de la responsabilité à parts égales.

Michel se mit debout, s'obligea à respirer calmement. Pas question de se laisser faire. S'il en venait à quitter la coopérative pour quelque raison que ce soit, il se battrait jusqu'au bout. Pour Romain, pour la ferme. Sa gorge se desserra. Son souffle reprit un rythme normal, lent, profond. Il s'essuya les yeux dans le creux de son bras, d'un geste enfantin. Ne jamais subir. Son père le lui avait martelé toute son enfance.

Il sortit de la salle de bains et descendit les marches deux par deux.

25

ÉQUIPE BETAGREEN

À Châtel-Guyon, ville départ de la treizième étape, et devant les caméras du monde entier, Harry Morton accueillit à bras ouverts Harvey Anderson, l'un des lieutenants du grand patron de Betagreen. Tout sourire, les deux hommes paradaient, rassurants et optimistes, afin de démentir les propos calomnieux et étouffer les rumeurs. Le grand patron américain, dans un communiqué de presse, avait renouvelé sa confiance à son équipe cycliste, s'était dit convaincu que les reproches adressés à son groupe n'étaient qu'un immense malentendu et qu'Harvey Anderson saurait dénouer ces tensions qui n'avaient pas lieu d'être. Le tout dans un français approximatif qui avait bien fait rire les journalistes.

Devant le centre culturel de la Mouniaude, l'ancienne gare de la ville, les sept coureurs de l'équipe Betagreen IDS, leur directeur sportif et le bras droit américain furent photographiés sous toutes les coutures. Certains sourires, notamment chez les cyclistes français les plus jeunes, étaient crispés, voire forcés. La veille, leur leader, Steve, n'avait pas fait ses preuves dans le Suc au May et avait explosé dans l'ascension, victime de crampes. Le débrief après la course avait été… houleux. Les coureurs attendaient de s'élancer sur l'étape montagneuse du jour, qui cumulait plus de 4 400 mètres d'ascension – une attente mêlée d'appréhension, d'autant que les prévisions météo annonçaient des orages en fin d'étape, et de possibles formations de brouillard en altitude.

Autour d'eux, les cyclistes finissaient de se préparer. Le public, nombreux, se pressait derrière les barrières de sécurité. Julian Alaphilippe, toujours en jaune, continuait d'attirer tous les regards, et répondait aux sollicitations des supporters et des journalistes avec une simplicité déconcertante. À côté de lui, casque sur la tête, Remco Evenepoel était déjà focalisé sur l'étape auvergnate du jour. Il commençait à ressentir une grande fatigue générale, alors que se profilaient à l'horizon les Alpes et le Jura. Soutenu et encouragé par Tom Steels et Davide Bramati, les directeurs sportifs de l'équipe Deceuninck-Quick Step, il espérait ne pas avoir de défaillances pendant l'étape, et revérifia malgré lui ses gels et bidons.

Sous l'horloge de l'ancienne gare de Châtel-Guyon, Christian Prudhomme accordait la dernière interview à Arirang TV, une chaîne coréenne : « On constate aujourd'hui dans le cyclisme professionnel que ce sont les pentes très raides qui font la différence. On l'a vu l'été dernier lors du Tour de France, ces pentes alimentent un cyclisme d'offensive, d'audace. Dans cette étape entre Châtel-Guyon et le puy Mary, il y aura ce type de pentes, avec sept ascensions répertoriées pour 4 400 mètres de dénivelé positif. Et puis l'étape ne sera pas seulement sportive, elle sera aussi esthétique, puisqu'on verra la chaîne des Puys du début à la fin. » La journaliste sud-coréenne s'inclina pour le remercier tandis que le directeur du Tour s'éloignait pour donner le départ de la treizième étape du Tour de France 2020.

*

Soixante kilomètres après le départ, dans l'ascension du col de Guéry à 1 277 mètres d'altitude, Steve s'accrochait tant bien que mal à l'arrière du peloton et luttait pour ne pas sauter. Il serra les dents pour passer le col, sous un ciel menaçant. Il grimaçait, victime de crampes. Sa confiance était aussi basse que sa tension. Devant lui, les autres coureurs de Betagreen IDS tenaient bon, au chaud dans le peloton. Il profita de la descente pour faire quelques exercices et étirer ses jambes. Son directeur sportif lui hurla dans l'oreillette d'accélérer, de mieux négocier les virages. Furieux, il arracha l'oreillette. Le Tour virait au cauchemar et il se demandait dans quel état il finirait la Grande Boucle – si d'ailleurs il la finissait…

Quand le corps lâche, seule la tête peut faire la différence. Combien de fois lui avait-on répété cette phrase aux entraînements ? Mais depuis l'incendie de Chauvigny, Steve avait de moins en moins envie de lutter, comme si toute sa motivation s'était envolée dans les volutes des fumées grises et épaisses de l'hôtel. À vrai dire, il était hanté par les cris de Valentin Archer, imaginait sa douleur, sa peau noircie et boursouflée… Il ferma les yeux pour échapper à cette vision et cette milliseconde d'inattention l'empêcha d'anticiper un virage qu'il imaginait moins serré. Rouvrant les yeux, il tenta de redresser sa trajectoire, mais la bande blanche peinte sur la chaussée ne lui laissa aucune chance : sa roue avant dérapa et, à cinquante-cinq kilomètres heure, il heurta le bitume avec une grande violence. Son corps rebondit puis glissa sur une dizaine de mètres, vélo et homme entremêlés. Un fossé en contrebas du virage stoppa brutalement la chute.

Un spectateur laissa tomber son drapeau et courut vers lui. Steve ne bougeait plus, visage en sang. Le supporter faillit tourner de l'œil. Il agita les bras pour attirer l'attention des organisateurs et de l'équipe médicale. Un gendarme, qui assurait la sécurité routière à une centaine de mètres de là, arriva en courant et s'agenouilla près du cycliste. Impossible de déplacer le vélo sans toucher au coureur. Il renonça. Les freins d'un véhicule de secours crissèrent derrière lui. Trois hommes l'entourèrent. Le médecin, doigt sur la carotide de Steve, chercha son pouls tandis qu'il étudiait les autres blessures externes. Autour de Steve, tout se figea, dans une immobilité de temps et de mouvement qui contrastait bizarrement avec l'agitation de la course en contrebas, les cris des spectateurs et la descente des concurrents semblables à des taches de couleur lancées à pleine vitesse.

*

En tête, les grimpeurs, loin du drame qui venait de se dérouler, bataillaient dur pour rester bien placés. L'équipe américaine Trek-Segafredo comptait trois coureurs en tête : Richie Porte, Bauke Mollema et Giulio Ciccone, au coude-à-coude avec deux Français, Thibaut Pinot et David Gaudu. Et cette configuration de course exaspérait Harvey Anderson, représentant de Betagreen, qui la ressentait comme une attaque délibérée et déloyale des Américains. Depuis le départ de Châtel-Guyon, il était surpris par le nombre de panneaux hostiles à l'entreprise Betagreen brandis tout le long du parcours par des spectateurs de tout genre : vieux, jeunes, adultes – même des enfants, sur les épaules de leurs parents, hurlaient des slogans hostiles. À New York, il n'avait pas pris la pleine mesure de cette mobilisation. Et cela l'inquiétait plus qu'il ne voulait l'avouer.

À côté de lui, Harry Morton continuait à encourager ses hommes, d'une voix toujours plus forte, plus tendue. Soudain, en plein milieu d'une phrase, il se tut et augmenta le volume de la radio, branchée sur radio Tour :

— On signale une chute du coureur Steve Andrew. Les secours se rendent sur place. Le coureur semble avoir dérapé sur la chaussée et a fini sa course en contrebas de la route. La voiture médicale est déjà sur place et le médecin…

Tout le sang reflua du visage d'Harry, qui devint blême et se mit à jurer. Harvey Anderson ferma les yeux, épuisé par la vitesse supersonique des ennuis qui s'abattaient sur Betagreen.

*

Steve fut transporté par hélicoptère au CHU de Clermont-Ferrand. Tandis qu'il arrivait, inconscient, sur l'héliport du CHU, les grimpeurs passaient le col de la Stèle, à 1 250 mètres d'altitude, après un passage par La Bourboule. Des nappes de brouillard diminuaient la visibilité et les coureurs, déjà fatigués par les kilomètres d'ascension, durent redoubler de vigilance. Harry Morton, contraint de reprendre la route pour porter assistance à ses protégés en cas de besoin, cacha volontairement l'accident de Steve à ses équipiers. Pas question de les déconcentrer. Il reprit donc ses encouragements et tenta d'orchestrer depuis sa voiture le déroulement de la course.

Après le col de la Stèle se profilait une longue descente jusqu'à Saignes, à soixante-dix kilomètres de l'arrivée. Puis les ascensions reprirent, cadencées, ardues. Le passage du col de Néronne, à onze kilomètres de l'arrivée, acheva de faire le tri parmi les derniers rescapés. Furieux, Thibaut Pinot, victime d'une crevaison, se retrouva en fin de peloton, mortifié par son manque de chance. Cent mètres avant le passage du col, Giulio Ciccone lança une attaque. David Gaudu, conscient qu'il était dans un bon jour, se mit en danseuse et le suivit, bouche grande ouverte. Arrivés au col groupés, ils prirent soin de refermer leur maillot avant d'entamer la brève descente. Il faisait de plus en plus sombre. Devant eux, la moto chargée d'ouvrir la route alluma ses phares, tout comme celle de l'ardoisière qui, capuche sur la tête, agitait son tableau noir sur laquelle elle avait inscrit « 30 secondes ».

Au sommet du puy Mary, à huit kilomètres de là, l'équipe de France 2 chargée de commenter la course en direct se retrouva sous des trombes d'eau. Les directeurs sportifs, alertés, prévinrent les athlètes par oreillette. Ciconne et Gaudu, impassibles, continuèrent à se relayer sans se soucier des gouttes qui venaient s'écraser autour d'eux. Très vite, la chaussée devint glissante et les deux hommes redoublèrent de prudence. La pluie se transforma en déluge. David Gaudu s'essuya le visage. L'eau ruisselait sur ses sourcils, ses yeux, coulait le long de son dos. Le froid commençait à attaquer ses mains, il sentait ses doigts s'engourdir.

*

Au CHU de Clermont-Ferrand, les médecins diagnostiquèrent un pneumothorax, une fracture du rachis et du bassin. Steve fut conduit au bloc sans tarder. L'infirmière chargée de découper son maillot en vue de l'intervention avait les yeux humides. Passionnée de cyclisme, elle suivait les étapes du Tour pendant ses jours de repos et avait été horrifiée d'apprendre l'accident de Steve. Dans la salle blanche et aseptisée, certaine qu'on ne la regardait pas, elle murmura quelques mots en anglais à l'oreille du champion pour l'encourager.

*

David Gaudu sentait ses dernières forces le quitter. Il s'accrochait à Ciconne et avait de plus en plus de mal à prendre les relais. La pluie continuait de tomber, drue, mauvaise. Des lambeaux de brouillard barraient la route par endroits. D'un signe de la main, Giulio Ciccone demanda au coureur français de le relayer et d'assumer sa part de boulot. Bouche grande ouverte, celui-ci ne réagit pas et continua à pédaler au même rythme, dans la roue de l'Italien. Ce dernier leva le bras en signe d'exaspération et, résigné, poursuivit son ascension. Derrière lui, le coureur français, au bord de la défaillance, se concentrait sur la victoire pour trouver la force d'avancer. Il regardait la roue devant lui, serrait les dents pour ne pas la perdre de vue. Il ne sentait plus ses doigts. Philippe Mauduit, le directeur sportif de Groupama-FDJ, l'encouragea dans l'oreillette, avec un savant mélange de conseils, de félicitations et de mises en garde contre les conditions météo, l'adversaire et les derniers kilomètres de l'étape. Derrière, le peloton avait éclaté. Les poursuivants les plus proches étaient à deux kilomètres. La victoire se jouait donc entre ces deux-là, l'Italien meilleur grimpeur du Tour d'Italie en 2019 et le Français, notamment connu pour être l'ange gardien de Thibaut Pinot.

À l'approche de la flamme rouge, sous des trombes d'eau, Giulio Ciccone donna un bref coup d'œil derrière lui, vit l'épuisement sur le visage du Français et accéléra sans pitié. Très vite, l'écart se creusa : deux mètres, cinq mètres, dix mètres. Incapable de suivre, Gaudu continua sur son rythme, s'interdisant de ralentir. À cinq cents mètres de l'arrivée, après un virage en épingle à cheveux, le dérailleur de l'Italien refusa brusquement de fonctionner. L'homme jura, tenta de le débloquer, sans y parvenir. Regardant en arrière, il fut surpris de voir le Français bien accroché, à quelques mètres seulement. Déjà, il était sur lui. L'Italien hurla de colère. Sachant qu'il ne pouvait changer de vélo sans risquer de perdre sa place, il se remit en danseuse et poursuivit sa route malgré un rapport de vitesses inadapté. Gaudu n'avait rien perdu de la scène. L'incident lui fit l'effet d'une décharge d'adrénaline. Il attaqua, sans états d'âme. Dans un état second, il accéléra, lentement. La chaussée, trempée, luisait, noire, effrayante. Son champ de vision se rétrécit, se limitant à un point à trois mètres devant lui. Tout son corps fut soumis au rythme de ses battements cardiaques : le sang pulsé à ses oreilles, sa poitrine sur le point d'éclater. Peu à peu, les deux vélos se rapprochèrent, puis Gaudu doubla Ciconne par la droite.

À deux cents mètres devant eux, l'arche de l'arrivée dégoulinait. Le public, sous une mer de parapluies, hurlait. L'Italien, gêné par son dérailleur défectueux, ne parvenait pas à couper la remontée du Français. Du coin de l'œil, déformé par la pluie, il vit le maillot bleu blanc rouge le doubler. Il grogna sa frustration, essaya d'accélérer. Gaudu, dans un effort ultime, lança son vélo sur la ligne d'arrivée et s'écroula juste derrière.

*

Pour le plus grand soulagement d'Harry Morton et Harvey Anderson, la victoire d'étape du Français relâcha la pression médiatique qui pesait sur l'équipe Betagreen IDS. Harry Morton, au bluff, rassura son équipe sur l'état de leur coéquipier allongé sur la table d'opération. En fin de soirée, un communiqué du CHU vint confirmer ses dires, indiquant que Steve était dans un état stable après une opération lourde, mais réussie. L'équipe Betagreen IDS ne comptait désormais plus que six coureurs.

*

En France, avec un chauvinisme assumé, le journal télévisé de vingt heures consacra son premier titre à David Gaudu. Entre Alaphilippe – qui conservait son maillot jaune, mais avait tout de même perdu une trentaine de secondes au classement général – et David Gaudu, la France se rêvait en jaune. Un vent de folie se mit à souffler sur le pays, et les organisateurs se réjouirent de ce doublé. Les faibles écarts au classement et le profil des étapes alpines laissaient présager de belles batailles. Un Tour de France 2020 à la hauteur des attentes des passionnés de la petite reine, après un Tour 2019 riche en rebondissements…

26

LABORATOIRE D'ANALYSES – ANGOULÊME

Le médecin légiste finit de dicter les conclusions de son rapport d'autopsie : « Mode de décès : choc anaphylactique de grade IV provoqué par piqûre d'hyménoptères. Cause immédiate du décès : arrêt du cœur. Dû à : arrêt circulatoire ayant désamorcé la pompe cardiaque. Diagnostics anatomiques retenus : soixante-cinq piqûres de guêpes sur gorge et poitrine. Bon état de santé général. Recherche de toxiques dans le sang négatif. Je répète : négatif. » Sa secrétaire s'occuperait de retranscrire le rapport le lendemain. Il envoya un double par mail au commandant Touvier, avec en copie, Berthet et Clément, de la brigade d'Aigrefeuille-d'Aunis.

De son côté, l'employé chargé d'analyser les vêtements de madame Roy tapait son rapport à deux doigts sur un vieil ordinateur poussif : « Présence d'un attractif en vente libre dans le commerce. Marque Proclean. Composition : acide acétique, arômes alimentaires. Produit dilué à 30 % avec de l'eau ayant un fort taux de calcaire (eau dure, 31 °f). Autres traces détectées : pollen de graminées (dactyle, phléole), d'herbacées (rumex, pariétaire, colza) et d'arbres (tilleul). Présence de détergents industriels (produit d'entretien du linge, savon noir). ADN et sang : présence négative. » Il imprima le rapport et le déposa dans la bannette de son supérieur.

Il se dépêchait : il avait rendez-vous avec une fille rencontrée la veille au cinéma et n'avait aucune envie d'être en retard.

27

THOMAS ET ROMAIN

Thomas et Romain passèrent l'après-midi à la ferme. Entre les moissons, les bêtes et l'entretien du matériel, ils suivaient la fin de l'étape à la radio. L'un des deux tracteurs donnait des signes de défaillance et Romain consacra un long moment à tenter de découvrir l'origine de la panne. Il resserra les cosses de la batterie, les nettoya puis vissa soigneusement les boulons. Thomas le secondait en lui passant les outils, conscient de son ignorance crasse et de ses deux mains gauches. Au moment du franchissement de la ligne d'arrivée, annoncé en direct par le commentateur enroué et survolté, les deux garçons retinrent leur souffle, puis poussèrent des hurlements de joie. Une autre victoire française !

Romain remit la carrosserie en place sur le tracteur, sourire aux lèvres.

— C'est bon, il est reparti pour dix ans ! On boit un coup à la santé de Gaudu ?

*

Assis sur le banc, dos contre la façade tiède, Romain inspira longuement. Thomas, casquette aux couleurs de l'USAC, se balançait dans le hamac, à quelques mètres. Un vent léger atténuait la chaleur, dispersant dans l'air des odeurs de menthe, plantée en pot sur la fenêtre de la cuisine. Romain, torse nu, avala plusieurs gorgées d'eau puis rompit le silence :

— C'est dingue, non ? Deux coureurs de la même équipe à l'hosto, et dans un sale état… Tu y crois, toi, à une vengeance contre Betagreen ?

— Pour l'incendie, tu veux dire ? Parce que l'accident de Steve était bien un accident, pas de doute possible là-dessus.

Romain lui lança le bouchon bleu en plastique à la figure.

— Ben oui, pour l'incendie !

Thomas se redressa dans le hamac et faillit tomber. Il se rallongea immédiatement pour retrouver l'équilibre. La chaleur et le balancement du hamac lui faisaient tourner la tête. Il répondit, les yeux plantés dans les nuages :

— À vrai dire, c'est plus simple de saboter un vélo, non ? En fait, ce qui me gêne, c'est que la casquette…

Thomas, voulant regarder Romain en face, se pencha vers lui et bascula du hamac. Il tomba le nez dans l'herbe, sans que cela ne fasse rire Romain. Il se releva et poursuivit :

— Ce qui me gêne le plus, c'est que la casquette de ton père ait été retrouvée là-bas.

L'air furieux, Romain répliqua :

— Ça ne tient pas, ton raisonnement. On ne met pas le feu au risque de carboniser toute une équipe cycliste uniquement pour faire accuser un homme, un seul.

Thomas, le regard triste, le fixa :

— Si tu savais ce que mon père m'a raconté… des trucs cent fois pires. La violence humaine n'a pas de limite.

Romain semblait sceptique. Au loin, le moteur de la moissonneuse se tut.

— Tout à l'heure, mon père m'a juré qu'il avait passé la nuit à la ferme. Mais comment en être sûr ?

28

HENRIETTE

À trois heures du matin, Henriette, assise dans son lit, yeux grands ouverts, réfléchissait. Autour d'elle, pas un bruit. Les autres résidents dormaient profondément. Sur l'île de Ré, les touristes, épuisés par leur séance de bronzage, récupéraient, rouges comme des écrevisses. Les enfants, agacés par les grains de sable dans leur lit, se tournaient et se retournaient, les rêves pleins de monstres marins et de licornes gonflables.

En raison des trajectoires désordonnées de ses neurones, génératrices d'énergie cinétique (appelée aussi énergie thermique), Henriette avait le cerveau en surchauffe. Les joues rouges, les cheveux désordonnés, elle tentait tant bien que mal de mettre en peu d'ordre dans ses idées.

La veille, elle avait rappelé son amie Janine Lavaud. Après avoir longuement débattu des vertus du laurier dans le bœuf bourguignon, Janine avait accepté de parler un peu plus de madame Roy. Originaire d'Aigrefeuille, Thérèse Roy n'avait jamais quitté la Charente – ça, elle le savait déjà. Employée à la Poste d'Aigrefeuille pendant quarante ans, elle avait déménagé à Croix-Chapeau au moment de sa retraite. Elle avait été mariée durant huit ans à un éleveur ; il fut victime d'une crise cardiaque à quarante et un ans, et elle ne s'était jamais remariée. Figure connue de la région, elle faisait partie de bon nombre d'associations : protection du Marais poitevin, association des tricoteuses de l'Aunis, sauvegarde du patrimoine local, promotion des énergies renouvelables, association de lutte contre l'exclusion en milieu rural… Thérèse Roy était partout, sur tous les fronts, et n'avait pas la langue dans sa poche. Ses prises de position lui avaient valu des réunions houleuses, des échanges musclés et même quelques intimidations : sucres dans son réservoir à essence, lettres de menaces, tags sur le mur de sa maison…

Janine, essoufflée, s'était arrêtée quelques instants pour reprendre son souffle. Henriette, impatiente, avait fait un effort magistral pour ne pas l'accabler de questions. Mais, sans doute fatiguée de parler de cette voisine qu'elle ne portait visiblement pas dans son cœur, Janine avait alors posé mille questions à Henriette, qui, poliment, avait pris le temps de répondre. Avant que Janine ne raccroche, Henriette l'avait interrogée une dernière fois :

— Ces derniers temps, quels étaient les combats de madame Roy ?

— Je ne sais pas. Je peux essayer de demander à… Mais pourquoi cela t'intéresse tant que ça ?

Henriette avait failli lui rétorquer qu'elle adorait les meurtres, et s'était tue de justesse.

— Euh, j'organise mon anniversaire alors j'aimerais… enfin, je fais le tour des gens que je connais et tu en fais partie.

— Et madame Roy, dans l'histoire ?

— Oh, simple curiosité ! Est-ce que tu as déjà essayé le bœuf bourguignon au cidre ? J'ai une cousine normande qui le cuisine comme ça. Tu veux que je t'envoie la recette ?

Évidemment, Henriette n'avait ni cousine normande, ni recette de bœuf bourguignon au cidre. Elle avait envoyé un texto à Thomas, le spécialiste des nouvelles technologies, et deux minutes plus tard, lisait la recette sur son téléphone. Elle l'avait recopiée d'une belle écriture appliquée, et Sophie, l'aide-soignante, avait accepté de poster la lettre. Mais ni les deux clous de girofle ni les deux branches de thym ne l'aideraient à mieux connaître les batailles associatives de madame Roy. Peut-être la sauvegarde des ruches ? Ou la dénonciation des nombreuses pollutions attribuées au groupe Betagreen ? Ou le refus de l'implantation d'une filiale dans la région ?

Henriette se rallongea, éteignit la lumière, épuisée par le mouvement brownien de ses neurones. Elle n'avait toujours pas de nouvelles de Valentin Archer et espérait que le coureur s'en tirerait rapidement, sans conséquence sur sa carrière. Idem pour Steve, qu'elle avait brièvement aperçu l'autre jour à Saint-Martin, à l'arrivée de l'étape.

Henriette laissa ses pensées dériver : c'était tout de même étrange de mettre le feu à un hôtel sans savoir quelles seraient exactement les conséquences de ce geste… Puisque le feu avait pris dans la buanderie, située entre deux chambres de coureurs, le but était-il : de faire peur aux coureurs ? De les blesser ? De les tuer ? Ou bien était-ce pour une tout autre raison ?

Si Betagreen était bien visée, qui pouvait être l'ennemi d'une équipe cycliste ? Une autre équipe cycliste ; un coureur ; un directeur sportif ; quelqu'un lié à la course.

Henriette se redressa, ce qui fit craquer ses vertèbres lombaires. Elle gémit. L'auteur de l'incendie avait-il forcément un lien avec le milieu du cyclisme ? Elle se rallongea et fut alors traversée par une autre question : pourquoi Michel Delage avait-il changé d'avis au sujet de la manifestation des agriculteurs et la neutralisation du Tour de France ? Avait-il été victime de chantage ? Elle s'endormit, certaine d'avoir mis la main sur un élément important, même si elle ignorait encore lequel.

29

JOURNAL INTIME [5]

Après des années d'abrutissement et de travail forcené, j'ai pu acheter un bout de terre, dans ma région natale, pas loin de la maison où, enfant, j'ai été enfermé. Dans le coin, personne ne m'a reconnu. J'ai appris par hasard que ma mère était morte. Overdose. Cela ne m'a fait ni chaud ni froid.

J'avais un bout de terre à mon nom. Oh, pas grand-chose, mais pour la première fois de ma vie, je possédais quelque chose. Quelque chose que j'avais obtenu seul, sans aide. J'ai éprouvé des sentiments extrêmement forts et contrastés, mélange de fierté et d'abattement. Personne n'était là pour voir ma réussite – obtenue à quel prix ? Je n'étais rien, qu'un anonyme, sans passé, obligé de cacher ses origines, de maudire ce père inconnu, cette mère dévorée par les vers. Et maintenant, cette terre à mon nom.

La première nuit, j'ai eu peur de dormir seul, chez moi, à la belle étoile. J'ai emmené une fille. Je n'aurais pas dû, et je le regrette toujours.

L'image de mon père me hantait. Aurait-il changé le cours de ma vie ?

J'ai construit un abri plus grand, plus sûr, monté un enclos, acheté une bête, puis deux. J'ai continué à travailler pour les autres, mâchoires serrées pour ne pas hurler, pour contenir la colère qui sourdait certains jours, flots agités, puissants, dangereux. Ma seule réponse était l'attente – les flots finissaient toujours par se calmer –, l'épuisement par le travail.

La litanie des jours anciens me poursuivait. « Ton père s'est bien foutu de toi. Ta mère est une traînée. Sale bâtard. »

ÉTAPE 14

CLERMONT-FERRAND – LYON

SAMEDI 11 JUILLET

30

COMMANDANT TOUVIER

À Angoulême, Nicolas Touvier découvrit les deux rapports du laboratoire d'analyses en arrivant à son bureau. Il prit aussitôt son téléphone pour appeler l'adjudant-chef Berthet. Ce fut l'adjudant Clément qui décrocha :

— Bonjour, commandant. Berthet est parti à Croix-Chapeau pour une enquête de voisinage. Apparemment, madame Roy appartenait à plusieurs associations de protection de l'environnement. Il s'agit de vérifier si elle s'est investie ou a pris position dans un mouvement quelconque contre l'implantation de Betagreen dans la région.

— Et vous avez étudié sa vie ?

— Oui, je peux vous envoyer le dossier. À vrai dire, la seule piste qui se profile serait un conflit entre les éventuelles dénonciations de madame Roy et la sauvegarde des intérêts de Betagreen.

— Des preuves, pour étayer ça ?

— Non, d'où l'enquête de voisinage… *A priori*, il n'existe pas d'association officielle contre l'implantation du groupe américain près de Niort. Le seul mouvement de revendication est celui de ces agriculteurs qui ont interrompu l'étape du Tour.

Le commandant Touvier, portable vissé à l'oreille, se leva et se planta devant une grande carte de la région, punaisée sur le mur devant lui. Il fixa son regard sur la commune de Croix-Chapeau.

— Il me faut des infos sur ce mouvement : ses leaders, son histoire… Parce qu'il est lié à une coopérative, non ? Alors il faut aussi…

L'adjudant l'interrompit :

— J'ai un appel de Berthet, je vous reprends.

Nicolas Touvier patienta tout en étudiant la carte. La veille, il avait lu dans la presse locale qu'on parlait d'un terrain au sud-est de Niort pour l'implantation de la filiale, un grand terrain entre Montamisé et La Tranchée. Il fit glisser son doigt le long de l'autoroute A10, jusqu'à Bordeaux.

— Commandant, vous êtes toujours là ? Berthet veut que vous le rejoigniez tout de suite à Croix-Chapeau. Il a trouvé quelque chose. Je ne sais pas exactement quoi, mais il aurait besoin de vous. Et de moi, aussi.

— Ok, à tout à l'heure.

*

Touvier gara la voiture de la gendarmerie devant la maison de madame Roy. Berthet et Clément l'attendaient à l'intérieur. Touvier salua Berthet. Ce dernier agita un papier sous son nez :

— J'ai le résultat de la perquisition. Rien, dans les affaires de madame Roy, ne la relie à Betagreen. Ni articles, ni dossiers, ni lettres, rien qui montre qu'elle s'intéressait à ce sujet. Deuxième point: on a retrouvé beaucoup de journaux découpés dans sa poubelle de bureau. Mais pas de n'importe quelle manière: elle découpait uniquement les lettres des titres, éventuellement des syllabes. Et toujours dans *Sud Ouest*. Bizarrement, en refaisant le puzzle, on a reconstitué le journal entier. Pas de traces de collages ni de courriers en cours. Troisième point: derrière sa maison, on peut encore deviner des traces de pas. L'espace n'est pas grand: environ cinq mètres sur huit. Quelqu'un a piétiné l'herbe à côté de la porte-fenêtre du salon.

Clément l'interrompit:

— Ce sont peut-être les empreintes de madame Roy?

— Possible, mais on a retrouvé ça, venez voir.

Les trois hommes firent le tour de la maison. Un mur en pierre clôturait l'arrière. Au milieu de la pelouse, un tilleul, magnifique, déployait ses branches jusqu'au-delà du mur. Les hommes s'approchèrent de la porte-fenêtre. Berthet pointa du doigt le rebord en carrelage. Une dizaine de cadavres de guêpes formait un tas sombre, mêlé à de la terre et de la poussière. Touvier fronça les sourcils et, sans un mot, partit examiner les branches du tilleul. Il passa également en revue les arbres voisins, peu nombreux. Derrière la maison de madame Roy se trouvait un autre pavillon, récent, dont le jardin n'était pas entretenu. Aucun arbre, simplement des arbustes et des herbes hautes. Berthet le rejoignit:

— J'ai fait le tour des maisons adjacentes. Aucune n'a eu de guêpes récemment. J'ai vérifié par moi-même.

— On a délibérément aspergé madame Roy, qui est morte quelques minutes plus tard. Celui qui a jeté l'attractif sur elle avait les guêpes avec lui. Vous vous y connaissez, en hyménoptères?

Clément, qui s'était approché des deux hommes, répondit à sa place :

— Mon beau-frère est apiculteur. Je sais, ce sont des guêpes, pas des abeilles, mais il nous aidera peut-être.

— Excellente idée. Donnez-moi ses coordonnées.

Touvier nota le numéro sur son calepin, qu'il glissa ensuite dans la poche de sa chemise. Il soupira :

— Si je comprends bien, madame Roy n'a rien à voir avec Betagreen. Mais elle écrivait des lettres anonymes. Vous avez déjà eu des affaires de ce genre, dans la région ?

Berthet prit le temps de réfléchir.

— Pas à ma connaissance. Je suis en poste depuis quatre ans, et je ne me souviens pas avoir eu affaire à ce genre de choses, que ce soit du chantage, des menaces ou des délations par lettre anonyme.

Clément s'exclama :

— Pourtant, madame Roy a le parfait profil d'un corbeau : au courant de tout, pas la langue dans sa poche, très engagée… Elle-même a été victime de plusieurs intimidations. Seraient-elles liées à ce rôle de corbeau ?

— On a clairement établi la raison de ces pressions, ainsi que leurs auteurs. Toutes sont liées à des prises de position pour ses associations. Aucune ombre de ce côté-là : madame Roy a payé le prix de ses engagements.

Touvier se tourna vers Clément :

— Vérifiez quand même que madame Roy n'ait pas cherché à se venger. Et regardez si des affaires impliquant des lettres anonymes ont eu lieu dans la région ces dix dernières années. Remontez loin, fouillez profond.

Puis Touvier regarda Berthet :

— Vous, poursuivez votre enquête de voisinage. Il faut être certain à cent pour cent que madame Roy n'a pas de lien avec Betagreen. Les deux enquêtes, le meurtre de madame Roy et l'incendie de Chauvigny, n'ont sans doute rien en commun… mais il ne faut rien négliger. De mon côté, je dois comprendre le fonctionnement de la coopérative et les revendications de ses membres. Parce qu'honnêtement, j'ai des doutes sur la sincérité de Pascal Gaillard. Son hangar aurait été fracturé, mais bizarrement, on ne lui a rien volé. Et je mettrais ma main à couper qu'hier, il ne venait pas à la brigade uniquement pour ça. Quant à Michel Delage, qui reste muet comme une carpe quand on le bouscule un peu, il semble gêné aux entournures…

Clément haussa les épaules :

— Vous seriez à l'aise, vous, si on retrouvait votre casquette sur les lieux d'un incendie ?

Touvier sourit :

— Un bon point pour vous. On se retrouve à la brigade en fin d'après-midi ?

31

MICHEL

Michel avait encore une fois cogité toute la nuit pour finir par s'endormir, épuisé, à l'aube. Plusieurs questions demeuraient sans réponse. Il n'arrivait pas à se décider : fallait-il négocier dès maintenant les modalités d'un prêt hors de la coopérative, pour ne pas se sentir pieds et poings liés ? Il allait devoir très vite rencontrer Pascal Gaillard pour crever l'abcès et tenter de comprendre les raisons de son changement d'attitude. Il n'aimait pas non plus le nouveau comptable, Alain Deshaie, toujours à la botte de Pascal. D'ailleurs, cette demande de formation restait bizarre : pourquoi changer de comptable alors que celui de Niort, qui travaillait pour eux depuis la création de la coopérative, connaissait parfaitement le mode de fonctionnement de leur structure ? Lorsqu'il lui avait posé la question, six mois plus tôt, Pascal avait répondu évasivement, sans avancer d'arguments solides, ce qui avait profondément déplu à Michel.

En s'extirpant de son lit, Michel se promit de l'appeler dans les prochains jours.

*

Après une matinée bien remplie à veiller sur les animaux, le matériel, les bâtiments et à courir après le temps, Michel proposa à Thomas et Romain de les emmener à la pizzeria des Halles, à Aigrefeuille. Une manière de les remercier pour le boulot fourni et – c'était là la raison la plus importante pour Michel – de dissiper cette ambiance de suspicion et de reproches larvés qui pesait entre eux depuis le passage du Tour.

Ils choisirent une table en terrasse, à l'ombre. Romain alla saluer plusieurs amis qui déjeunaient quelques tables plus loin. Ils le félicitèrent pour sa participation au Tour. L'un d'entre eux désigna Michel du menton :

— Il paraît qu'on a retrouvé la casquette de ton père près de l'hôtel incendié. Il en dit quoi, ton vieux ?

Romain fit un effort surhumain pour ne pas lui envoyer son poing en pleine figure.

— T'as qu'à lui demander toi-même.

Évidemment, l'autre se dégonfla et sirota son coca pour se donner une contenance. Furieux, Romain retourna s'asseoir tandis que Michel expliquait à Thomas les subtilités de la culture du soja. Ils passèrent commande, affamés.

Contrairement aux orages de la veille sur le Cantal, le ciel était entièrement dégagé en Charente. Aucun cumulus dans le ciel, et une chaleur qui s'intensifiait chaque jour davantage. Les météorologistes envisageaient avec résignation un épisode de canicule, et les moissonneuses tournaient à plein régime. Romain savait que son père avait pris sur son temps de travail pour les emmener ici, et il lui en était reconnaissant. Il espérait que cela ne cachait pas autre chose…

Michel le regarda :

— Tu as des nouvelles des coureurs blessés ?

— Steve, celui qui a chuté hier, a été opéré. Il ne remontera pas de sitôt sur un vélo… Valentin Archer, celui qui a été blessé dans… l'incendie, est dans un état stable, comme disent les médecins. En ce qui le concerne, malheureusement, je pense que sa carrière est finie. Tu sais que la grand-mère de Thomas lui a parlé la veille de l'accident, à Saint-Martin ?

Michel se tourna vers Thomas, l'air interrogatif. Thomas confirma d'un signe de tête :

— Oui, et il s'est plaint de son directeur sportif. C'est drôle, parce qu'il connaissait notre entraîneur, Marc Roche : c'était son prof de sport au collège. Et puis son père, lui aussi coureur professionnel, a couru avec Marc à ses débuts, en compétition, dans le club de La Rochelle…

Michel fit la moue. Il inclina le parasol, pour ne pas avoir le dos au soleil.

— Je n'ai jamais compris pourquoi il a stoppé sa carrière pro. À l'époque, ça a fait comme un malaise dans le monde du cyclisme, avec des rumeurs pas vraiment glorieuses pour Marc. Je n'en ai jamais parlé avec lui.

Se calant dans sa chaise, Michel dévisagea Thomas, puis Romain avec une pointe d'anxiété.

— Hier, les gendarmes m'ont demandé si j'avais un alibi pour la nuit de mercredi à jeudi, celle de l'incendie à Chauvigny.

Romain fut aussitôt sur le qui-vive. Il attendait que son père ajoute quelques explications. Devant son silence, il se pencha vers lui, conscient que les tables voisines pouvaient saisir leur conversation. Son regard bleu, accentué par son bronzage, s'assombrit.

— Où étais-tu cette nuit-là ?

Le gérant apporta les trois pizzas, puis un plateau avec leurs boissons fraîches. L'odeur de fromage était suffocante. Romain grimaça :

— Tu étais obligé de commander une pizza à la taupinière alors qu'il fait quarante degrés à l'ombre ?

Michel soupira :

— C'est bien le problème, tu ne connais rien aux bonnes choses ! La nuit dont tu parles, j'étais dans mon lit. Et je n'en ai pas bougé de vingt-trois heures à sept heures du matin...

Romain et Thomas le dévisagèrent, puis se regardèrent, indécis. Romain poussa un long soupir :

— Comment veux-tu qu'on témoigne de quoi que ce soit ? On ne sait même pas où tu étais ce soir-là. Rappelle-toi...

Michel interrompit Romain avec autorité, le doigt posé sur la table :

— Pas ici, on en reparle tout à l'heure, ok ?

— Ok. C'est dingue cette odeur, je ne sens même pas ma pizza !

Ils finirent le repas en silence. Autour d'eux, les clients désertaient la terrasse, qui devenait brûlante. Thomas, qui supportait mal la chaleur, luttait pour ne pas fermer les yeux. Il avait conscience du travail qui l'attendait à la ferme, et rêvait de regarder l'étape du jour au frais, allongé sur son lit. Michel partit régler. Romain, avachi sur la table, regardait vaguement l'écran de son portable.

— On y va ?

Sur le chemin du retour, dans la voiture bouillante, pas un mot ne fut échangé. Fenêtres grandes ouvertes, Thomas regardait le paysage, la succession de haies et de champs, l'absence de relief, la parfaite platitude… difficile dans de telles conditions de croire que la terre est ronde.

En descendant de la voiture, Michel leur demanda de venir dans la cuisine – ce n'était pas vraiment une demande, plutôt un ordre. Romain sortit de sa léthargie, et prépara trois cafés. La cuisine, avec son volet entrouvert, avait conservé la fraîcheur de la nuit, qui leur fit le plus grand bien. Michel, attablé devant sa tasse fumante, jouait machinalement avec une petite cuillère. Il se racla la gorge :

— Comme je vous l'ai dit, la nuit de l'incendie, j'étais dans ma chambre…

Romain avala une gorgée, se brûla, jura. Il se leva pour donner un coup d'éponge sur le café renversé et, tout en essuyant, expliqua :

— Ce soir-là, Thomas est monté dans sa chambre. Je t'ai demandé si tu avais participé à la manif, et pour quelles raisons. Je t'ai demandé si d'autres actions de ce genre étaient prévues, et tu ne me m'as pas répondu. Je suis monté. Après…

Il haussa les épaules en signe d'impuissance. Les yeux de Michel se durcirent :

— Mais enfin, tu aurais entendu la voiture partir si c'était le cas !

Romain tourna lentement la tête de droite à gauche :

— Non, parce que je dormais.

Thomas sentit la colère de Michel monter par vagues, lorsqu'il se tourna vers lui, regard noir :

— Et toi, tu vas me dire pareil, c'est ça ? Tu ne peux pas faire autrement vis-à-vis de ton copain. Mais enfin…

Il eut un geste de dépit, se retint de frapper du poing sur la table.

— Mais enfin, vous m'auriez entendu partir, réfléchissez un peu. Réfléchissez !

Thomas, de façon inconsciente, recula au fond de sa chaise pour s'éloigner de Michel. Sur la toile cirée, quelques grains de sucre finissaient d'absorber le liquide noir.

32

HENRIETTE

La table de jardin, à l'ombre d'un figuier, était recouverte de papiers et de dossiers de toutes les couleurs. Monique essayait tant bien que mal de les trier, mais Henriette, concentrée sur ses recherches, bousculait les piles de feuilles. Après sa mauvaise nuit, elle était allée voir le commissaire Roux et, en tête à tête, l'avait supplié de lui imprimer le compte rendu de toutes les affaires importantes d'Aigrefeuille et de Croix-Chapeau sur les sept dernières années. Le commissaire, en marcel et tongs de plage devant son petit-déjeuner, lui avait ri au nez :

— Vous m'insultez un jour et le lendemain, vous venez me supplier. Non, c'est non.

Henriette avait éclaté de rire à son tour. Debout, appuyée sur sa canne, sa robe enfilée à la va-vite et son chapeau de paille enfoncé jusqu'aux yeux, elle s'était tue, et, avec un air de jubilation, avait déclaré à voix basse :

— D'accord. Dans ce cas, je pars tout raconter à Monique.

Plein d'arrogance, il avait croqué à pleines dents dans un croissant et, la bouche pleine, avait craché :

— Raconter quoi ? Je n'ai rien à cacher, moi !

La canne d'Henriette s'était posée sur son ventre rebondi.

— Lui raconter que chaque lundi, sous couvert de cours de gymnastique, vous jouez dans un tripot clandestin, avec des sommes en liquide non déclarées. J'imagine que vous connaissez mieux que moi les peines encourues pour tenue d'une maison de jeux de hasard en bande organisée, un délit passible de sept ans d'emprisonnement et de 200 000 euros d'amende ? Ici même, à Ars-en-Ré, dans votre hangar à bateau vide. Vous voulez que je vous cite les noms des participants ?

Roux était resté bouche bée. Henriette avait trouvé dégoûtant cette manière de déglutir bouche ouverte. Écœurée, elle avait reculé d'un pas :

— Bien entendu, j'ai les preuves de ce que j'avance. Alors, vous m'imprimez ces dossiers ? Je les veux pour quinze heures précises.

— Mais, mais... je n'y ai pas accès : je suis à la retraite, comment voulez-vous ?

— Sept ans d'emprisonnement et 200 000 euros d'amende... Que dirait la pauvre Monique ?

*

À quinze heures précises, Roux avait amené une pile de dossiers, triés par date : homicides, disparitions, tentatives d'assassinat, dégradation de biens publics, vols à main armée... La liste était longue. Monique avait proposé d'aider Henriette, inconsciente de la tragédie à laquelle elle venait d'échapper. Ses cheveux roses et permanentés s'agitaient sous le vent. En réalité, la lecture de ces faits divers sordides l'effrayait et, pour surmonter ses appréhensions, elle adopta un débit de paroles élevé qui épuisa très vite Henriette.

— Mais tais-toi donc. Comment veux-tu que…

Monique agita une feuille sous son nez.

— Cambriolage, Croix-Chapeau, Thérèse Roy, 2014. Thérèse Roy, c'est bien celle qui a été retrouvée morte, piquée par des guêpes ?

Henriette lui arracha la feuille des mains :

— Affirmatif. Montre !

Elle déchiffra : « Dépôt de plainte du 14 décembre 2014. Cambriolage avec effraction, sans violence. Butin : 50 euros en liquide, un classeur contenant du courrier personnel, un lecteur de DVD et un plat en faïence de Desvres. Dégâts : porte-fenêtre fracturée, serrure du bureau forcée, porte du salon hors d'usage. »

Henriette se gratta la tête :

— Tu fermes ton bureau à clé, toi ? Tu crois que je devrais faire pareil ?

Le vent souleva quelques feuilles et les déposa dans l'herbe. Monique se leva et s'accroupit avec peine, en demandant :

— Quand on ferme à clé, c'est qu'on a quelque chose à cacher ; d'accord, mais cacher quoi ?

— Ça, ma grande, il faut chercher ! Allez, du nerf !

Monique se redressa, une main sur sa hanche, grommela :

— Du nerf, du nerf ! On voit bien que c'est pas toi qui trimes ! Tu devrais t'inscrire au cours de gymnastique du lundi. Mon mari y va et ça lui réussit très bien.

Henriette plongea le nez dans les papiers.

Quand elle releva la tête, une heure plus tard, Monique somnolait sur sa chaise. Le soleil, déjà haut, commençait à attaquer son long travail de chauffe. Elle soupira. Rien d'intéressant dans ces papiers, à l'exception de ce cambriolage. L'histoire du bureau fermé à clé la titillait. Elle saisit son téléphone et composa un numéro.

— Bonjour Janine, c'est Henriette ! Alors, ce bœuf bourguignon au cidre, tu as testé ?

— Oui, et c'était infect. Je ne comprends pas comment ta belle-sœur arrive à manger ça. C'est sûrement parce qu'elle est normande.

— Janine, j'ai un service à te demander. Tu pourrais aller chez madame Roy et me dire ce qu'il y a dans son bureau ?

— Mais elle est morte !

Henriette soupira :

— Oh, je sais très bien ! Je voudrais juste savoir ce qu'elle range dans son bureau.

— Mais Henriette, réfléchis : il y a des scellés sur sa maison, donc je ne peux pas y entrer !

— Des scellés, ça se descelle. Tu n'as qu'à passer par la fenêtre. Ou par la porte de derrière. Ou tiens, par la cheminée !

Il y eut un grand blanc au téléphone. Janine demanda d'une voix hésitante :

— Tu es sûre que ça va Henriette ? Tu veux que j'appelle ton fils ? Tu es toute seule, là ?

— Pff, je te prépare un plan de bataille et toi, tu te dégonfles. Moi qui comptais t'envoyer la recette de l'estouffade de bœuf à la provençale…

— Ça dépend : avec ou sans persil ?

— Enfin Janine, sans persil !

— Alors, d'accord, c'est parti ! Je te rappelle une fois ma mission accomplie. Si… si je me retrouve au poste, je peux appeler ton fils ?

Mais Henriette avait déjà raccroché et secouait Monique pour la mettre au courant. Elle tenta d'appeler Thomas, qui ne décrocha pas. Dommage, elle aurait aimé lui parler de ses doutes quant au changement de décision de Michel Delage sur la neutralisation de la course. Elle allait donc devoir creuser en solo…

33

L'UNION SPORTIVE AIGREFEUILLE CYCLISME

Les cadets et les juniors de l'USAC se changeaient après leur sortie de quatre-vingt-quinze kilomètres dans le Marais poitevin, vert et rafraîchissant. Encore une heure avant l'arrivée de l'étape du jour, à Lyon. Vu le profil plat des cent quatre-vingt-dix-sept kilomètres au départ de Clermont-Ferrand, les garçons ne se pressaient pas. Car en l'absence de toute échappée et de toute attaque, ils détestaient ces étapes interminables – semblables à celle qui s'annonçait aujourd'hui. Le duo d'échappés des premiers kilomètres – Roman Kreuziger de l'équipe NTT Pro Cycling et Wout Poels de Ineos – s'était fait rattraper au kilomètre 140 et le peloton avançait maintenant en rang serré.

*

Harry Morton avait raccompagné, la veille au soir, Harvey Anderson à l'aéroport d'Aurillac-Tronquières, conscient des faiblesses et des lacunes de son équipe. Harvey, après l'accident de Steve, était resté impassible, ce qui avait rendu Harry toujours plus nerveux. Il espérait que le groupe Betagreen ne jetterait pas l'éponge et poursuivrait le financement de l'équipe après la Grande Boucle. Il faut toujours du temps pour mettre en place et faire vivre une équipe. Il espérait que les dirigeants auraient la patience d'attendre les premiers résultats et les premières victoires.

*

À l'hôpital de Châtellerault, au service des grands brûlés, Valentin Archer souffrait le martyre, malgré les antalgiques puissants administrés en perfusion. Allongé sur son lit, les draps maintenus par des arceaux pour éviter qu'ils n'entrent en contact avec ses blessures, il passait des heures à fixer le plafond, plus ou moins conscient. Il ne comprenait rien à la situation, se demandait ce qu'il avait fait pour mériter cela. Dans ses phases de lucidité, seul sur son lit et contraint à l'immobilité la plus totale, il tournait et retournait dans son esprit ses souvenirs de l'incendie, impuissant à les effacer. Par le biais d'un ami, il avait contacté un avocat. Ce dernier, spécialisé en droit fiscal, lui avait conseillé de porter plainte. Vu son état physique, il se demandait comment. Ses yeux se remplirent d'eau. Il était incapable de les essuyer.

*

Dehors, devant le club, à l'ombre des peupliers, l'entraîneur du club, Marc Roche, briefait les coureurs sur la prochaine course qui aurait lieu fin juillet en nocturne à Jarnac, près de Cognac. La plupart des juniors l'avaient déjà courue en 2019. Seul Anthony, le plus jeune de l'USAC, ne la connaissait pas et avait hâte d'en découdre.

Soudain, Marc fit les cent pas, signe typique chez lui de nervosité. Il s'immobilisa, inspira longuement puis se lança :

— Je sais qu'à l'occasion de la Grande Boucle, on reparle de mes débuts dans le monde pro. Je sais aussi que certains d'entre vous se demandent pourquoi j'ai mis fin de façon soudaine à ma carrière…

Les garçons s'étaient tus. Ils attendaient, suspendus à ses lèvres. Marc poursuivit, la voix tendue :

— Mon entraîneur répétait sans cesse : « Ce sont souvent les plus mauvais qui prennent des trucs. » Vous comprenez très bien ce qu'il entendait par « trucs ». À dix-neuf ans, j'ai signé mon premier contrat pro, pour deux ans. Au bout d'un an, j'ai commencé à enchaîner les compètes. À ce moment-là, si vous ne faites pas de résultat, si vous ne ramenez aucune victoire, vous savez que votre contrat ne sera pas renouvelé. C'est le jeu, c'est comme ça. Alors évidemment, personne n'a envie d'être à la ramasse, toujours derrière, bon dernier…

Il soupira.

— Le dopage, c'est un problème de reconnaissance. On veut être devant les autres. C'est vrai en sport comme dans les autres domaines : au travail, en société, financièrement… La performance est le moteur de notre société et de nos vies, qu'on le veuille ou non. Alors, j'ai suivi. Et encore aujourd'hui, je m'en mords les doigts. Parce que, très vite, je me suis retrouvé sous le feu de la suspicion : j'étais moyen, et puis soudain des podiums, des succès... Les doutes se sont très vite transformés en rumeurs. C'est lourd de vivre sous ce couvercle de on-dit. J'ai essayé de faire marche arrière, conscient que ce recul pouvait m'être fatal. Effectivement, quelques mois plus tard, mon contrat n'a pas été renouvelé. Je n'ai pas signé ailleurs. J'ai galéré, enchaîné des jobs alimentaires. J'ai repris des études... J'aime infiniment mon métier de prof d'EPS, j'aime infiniment mon rôle de coach dans ce club. J'aime vous voir évoluer, progresser...

Ému, il reprit son souffle.

— C'est dur de reconnaître ses faiblesses. J'ai merdé... Vous savez, même si on est pris dans l'action, même si tout va très vite, il y a toujours un instant, une fraction de seconde, où il faut se décider : j'y vais ou j'y vais pas ? Préparez ce moment, anticipez.

Il se secoua pour évacuer la tension, frappa dans ses mains. Ses yeux brillaient.

— Des questions ?

Les jeunes coureurs réfléchissaient, silencieux. Aucun ne prit la parole.

— Allez, c'est pas tout ça, mais on va manquer l'ascension de la Duchère ! On ouvre les paris : Alaphilippe toujours en jaune ce soir ? Geraint Thomas est encore remonté dans le classement général, et l'écart se réduit chaque jour un peu plus...

34

BRIGADE D'AIGREFEUILLE-D'AUNIS, SOIR

Le commandant Touvier se gara devant la boutique de la coopérative agricole. Ses plages d'ouverture étaient restreintes et Touvier avait calé son emploi du temps dessus.

Adossée à une forêt, face à d'immenses champs, la construction récente, en bois clair, s'intégrait parfaitement à son environnement. Sur la devanture, un panneau revendiquait les avantages des produits de la structure : consommation locale, soutien aux agriculteurs de la région, traçabilité des produits... À côté, une infographie dans les tons verts et bleus expliquait le fonctionnement d'une coopérative et faisait l'éloge de la gouvernance démocratique.

Touvier vit que la boutique était vide et entra. Au tintement de la cloche, déclenché par l'ouverture de la porte, une femme en tablier blanc et charlotte sur la tête s'approcha derrière le comptoir. Elle aperçut Touvier, son uniforme bleu de gendarme. Elle sourit, un fond d'inquiétude dans les yeux :

— Bonjour. Je peux vous aider ?

— Bonjour. Commandant Touvier. Je souhaiterais parler à Pascal Gaillard. Mais avant, j'aimerais vous poser une ou deux questions.

Touvier sourit, charmeur :

— Ça ne vous ennuie pas ? En fait, j'aimerais savoir le nom de ce fromage, là…

Il pointa du doigt une natte de jonc roulée, d'une belle couleur verte, et liée aux deux extrémités. Elle se pencha pour apercevoir le fromage :

— C'est une jonchée charentaise, un simple lait caillé et égoutté à travers cette natte de jonc, d'où son nom. Je le fabrique avec le lait de mes vaches, que j'élève à quelques kilomètres de là. Vous n'avez jamais goûté ? Moi, je l'adore en dessert, avec une goutte de fleur d'oranger.

— C'est tentant. Je vais en prendre trois. Vous travaillez ici depuis longtemps ?

— Je me suis installée il y a deux ans. J'ai racheté une ferme laitière et j'ai adhéré assez vite à la coopérative, pour diverses raisons. Mon objectif : remettre à l'honneur les fromages oubliés, comme cette jonchée. Les consommateurs adorent ce type de produits.

— Il y a combien de producteurs laitiers dans la coopérative ?

— On est onze, sur quarante et un membres sociétaires.

— Vous êtes au conseil d'administration ?

La jeune femme rit :

— Pas encore. J'espère que ça arrivera un jour. Pour l'instant…

Elle hésita à poursuivre, s'arrêtant d'emballer les trois jonchères dans un papier bleu blanc rouge. Touvier l'encouragea d'un signe de tête. Elle reprit sa tâche et scotcha l'emballage.

— Pour l'instant, l'ambiance est un peu tendue. La manifestation n'a pas été appréciée par tous les membres.

Il y a comme… comme une cassure au niveau des administrateurs : ils ne sont pas d'accord et chacun essaye de rallier d'autres membres à sa cause. En fait, dans cette histoire, je me sens comme un pion qu'on manipule. Tout l'inverse des valeurs qui m'ont poussée à adhérer à la coop.

Elle soupira :

— J'en ai parlé au téléphone hier à mon voisin, Michel Delage. Il est comme moi, il…

À ce moment précis, Pascal Gaillard ouvrit la porte de son bureau, l'air peu avenant. Il coupa la parole à l'agricultrice, et demanda d'une voix forte :

— Commandant, qu'est-ce que voulez ?

Touvier prit le temps de remercier la jeune femme, paya les fromages et suivit Pascal Gaillard dans son bureau. La pièce, encombrée et sombre, contrastait avec la blancheur de la boutique. L'air sentait le renfermé et la fumée froide de cigarette. Pascal garda une main sur la poignée de la porte.

— Vous venez pour quoi ?

Touvier resta debout près de lui. Pascal, baraqué, avait tendance à jouer de son physique pour impressionner ses interlocuteurs ; Touvier refusait de rentrer dans son jeu. Ce dernier le fixa :

— M'assurer que rien n'avait été volé dans votre hangar fracturé. C'est bien le cas ?

— C'est bien le cas.

Il attendit.

— Concernant les comptes de la coopérative, vous travaillez avec un cabinet comptable de Niort, c'est ça ?

— Avant oui, mais il y a cinq mois, la coopérative a financé la formation d'un membre, Alain Deshaie, qui s'occupe maintenant des opérations courantes : chiffre d'affaires de la boutique, prêts en cours, amortissement des locaux…

— Et comment régulez-vous les inscriptions des nouveaux membres ? Je veux dire : quels sont les critères d'adhésion au sein de la coop ? N'importe qui peut rentrer ?

— La personne doit monter un dossier, qu'elle présente d'abord au conseil d'administration, puis à l'ensemble des membres. Sa demande est acceptée après un vote à la majorité.

— Vous avez beaucoup de demandes ?

— Environ deux à trois par mois. C'est une moyenne. Quelques rares dossiers sont refusés.

Tandis qu'ils parlaient, Touvier fouillait la pièce du regard. Sur le bureau, un grand écran d'ordinateur affichait la météo du jour. Le clavier disparaissait sous les papiers et les factures, et plusieurs tasses, vides, traînaient. Derrière le bureau, une bibliothèque en pin servait de rangement pour les dossiers comptables, comme l'indiquaient leurs titres, écrits au marqueur en lettres capitales. En bas de la bibliothèque, un dossier portant le nom de Betagreen attira son regard. Il le pointa du doigt :

— Je peux y jeter un coup d'œil ?

Gaillard se redressa :

— Vous avez l'autorisation d'un magistrat ?

Touvier le regarda dans les yeux et sourit :

— Je n'en ai pas besoin, si vous m'autorisez l'accès aux dossiers…

— Je… J'aime quand les procédures sont respectées, c'est tout.

Touvier savait parfaitement qu'il ne pouvait consulter un dossier ou fouiller le bureau sans l'accord du procureur, ou celui de l'intéressé.

— Si je comprends bien, vous refusez que je consulte ces documents. Vous êtes sûr que vous préférez une perquisition ? C'est souvent ce que choisissent ceux qui cherchent à dissimuler des informations…

Gaillard hésita un court instant, infime, mais suffisant pour que Touvier le perçoive.

— J'aime que les procédures…

— … soient respectées, je sais, vous venez de le dire.

Touvier s'avança et obligea Gaillard à se pousser pour le laisser sortir. La boutique était vide. Touvier regagna sa voiture, garée en plein soleil et déposa les fromages sur le siège passager.

*

À la brigade d'Aigrefeuille-d'Aunis, avenue des Marronniers, il retrouva Clément, assis à son bureau. Ce dernier se leva pour le saluer.

— L'adjudant-chef Berthet est parti, urgence personnelle et exceptionnelle. Il vous demande de l'excuser.

Touvier acquiesça. Clément lui tendit un dossier :

— Comme je vous l'ai dit ce matin, Thérèse Roy a le profil type du corbeau. Par contre, j'ai vérifié : aucune affaire de lettres anonymes, menace ou chantage, dans la région ces dernières années. Après…

Il se tut, réfléchit.

— Après… ces affaires-là prennent du temps, restent bien cachées. Difficile d'être formel à cent pour cent. D'après les dossiers qu'on a saisis, elle avait un amour immodéré pour tous les faits divers touchant aux habitants de la région. Elle était abonnée à tous les journaux locaux.

— Durant sa carrière à la Poste, elle s'est occupée de quoi ?

— Elle a été au guichet toute sa vie.

Le commandant sourit :

— Un poste stratégique, pour un corbeau ! Mais j'extrapole… Toujours pas de lien entre Roy et Betagreen ?

— Je n'ai rien trouvé. J'ai listé toutes les associations auxquelles elle a adhéré ou s'est intéressée, de près ou de loin… Pas une en rapport avec le groupe américain. À l'heure actuelle, le seul lien entre Betagreen et les gens du coin est cette rumeur d'implantation d'une filiale près de Niort et la manif des agriculteurs le 8 juillet. Point barre.

Touvier et Clément s'assirent, pensifs. Clément proposa un café au commandant, qu'il refusa. De l'autre côté de la cloison, à l'accueil de la gendarmerie, un couple déposait plainte : alors qu'ils pique-niquaient sur l'aire d'autoroute de Dœuil-sur-le-Mignon, on avait fracturé leur voiture et volé un ordinateur, un téléphone portable et une tablette, tous réunis dans une sacoche de couleur grise. L'homme était excédé :

— Si on ne peut plus manger tranquille… C'est ça la France ? J'ai travaillé des années en Suisse et rien de tout cela ne serait…

Derrière son bureau, le maréchal des logis demanda d'un ton neutre au couple de patienter. L'adjudant Clément prendrait la déposition.

*

En rentrant à Angoulême, fenêtre baissée et coude sur la portière, Touvier écouta les infos : « Région ouest : l'alerte canicule concerne vingt départements le long de la côte atlantique, du Pays basque à la Loire-Atlantique. Côté sport, Alaphilippe, attaqué par l'équipe Ineos à quarante kilomètres de l'arrivée, n'a pu conserver son maillot jaune, endossé ce soir par Geraint Thomas. C'est Michal Kwiatkowski qui remporte cette quatorzième étape. Dans le camp français, la déception est immense. Voici la réaction de Julian Alaphilippe, au micro de notre envoyé spécial : "Aujourd'hui, je n'ai pas de regret. J'ai tout donné. Je m'y attendais. J'ai donné le maximum. Je ne peux pas avoir de regret, j'ai été battu par plus fort." »

Touvier éteignit la radio, agacé. Lui aussi avait espéré un maillot jaune français sur les étapes du Tour et une fête en bleu blanc rouge sur les pavés des Champs-Élysées. Restait à espérer que les secondes grappillées seraient très vite reprises dans les Alpes.

Il se gara devant son pavillon. En descendant de voiture, ses trois jonchées charentaises à la main, il consulta son répondeur. Il avait appelé le procureur en sortant du bureau de Pascal Gaillard, afin de lui demander l'autorisation de perquisitionner les locaux de la coopérative agricole. Il savait parfaitement qu'il ne trouverait rien d'intéressant, que Pascal Gaillard aurait mille fois le temps de faire disparaître les pièces compromettantes. Qu'importe, c'était une manière de s'approcher un peu plus de ce personnage, de comprendre sa manière de fonctionner. Sur le message, le procureur lui donnait sa bénédiction. Ne restait plus qu'à attendre l'accord écrit, ce qui ne devrait pas tarder.

Il ouvrit la porte et Noé lui sauta au cou.

35

JOURNAL INTIME [6]

Avec acharnement, j'ai poursuivi mon travail de longue haleine : être transparent, amasser de l'argent, étendre mon domaine. Jour après jour, année après année. Les gens d'ici sont méfiants. Je fais profil bas. Ce n'est pas ma vraie nature, je lutte.

Certains soirs, je me mords les joues jusqu'à sentir le goût du sang dans ma bouche. Où est mon géniteur ? Le saurais-je un jour ? Je me tue au travail pour survivre. Ou plutôt, je tue mes penchants, mes démons intérieurs pour continuer le chemin. À force de volonté, de régularité dans mes gestes, dans mes propos, les gens ont commencé à découvrir mon existence. Cela m'a fait très mal. Je prenais toujours un air détaché et sûr de moi que j'exécrais. Marionnette au regard fuyant, double à la fois identique et opposé.

Certaines personnes me font maintenant confiance, et je dois comprendre ce nouveau sentiment, d'une douceur féroce. Parfois, je m'emmêle, je ne sais plus bien quel est mon camp.

Je ne dois pas mollir. Je dois poursuivre mes exercices intérieurs. Ne pas me relâcher comme une guimauve, une mauviette.

« Sale bâtard. »

ÉTAPE 15

LYON – GRAND COLOMBIER

DIMANCHE 12 JUILLET

36

HENRIETTE

À *La Marienne*, les résidents hurlèrent d'effroi lorsque Henriette s'endormit en plein petit-déjeuner, s'effondrant le nez dans sa tasse de thé.

Une heure plus tard, malgré l'ordre de Sophie de rester dans sa chambre à se reposer, Henriette se rendit au jardin pour couper les rosiers. Sous le poids du sommeil, elle s'écroula cette fois-ci dans un massif de roses trémières. Le médecin, appelé en urgence, hésita à poser un diagnostic et parla de narcolepsie passagère. Ce qui fit hurler de rire l'intéressée :

— J'ai quatre-vingt-dix ans, les neurones surexcités, je passe des heures la nuit à cogiter et je dors le jour. Rien d'anormal, docteur. Vous savez, Einstein disait : « La vie est comme…

— … une bicyclette, il faut avancer pour ne pas perdre l'équilibre. » Je sais, Henriette, je sais, vous répétez cette citation à chaque fois que je viens.

Horriblement vexée, Henriette se tut et ne prononça plus un seul mot durant toute la consultation. Elle balança sa charentaise contre la porte lorsque le médecin la referma derrière lui. À petits pas, elle se dirigea vers sa réserve secrète et avala un grand morceau de chocolat noir aux amandes. Avec la chaleur, le chocolat était tiède et collait aux doigts. Elle s'essuya dans sa robe de chambre et décida d'appeler Janine. Il était presque onze heures. Peut-être avait-elle eu le temps de s'introduire chez madame Roy ?

Le téléphone sonna longtemps.

Finalement, Henriette entendit la voix haletante de Janine qui murmurait :

— Je suis devant chez madame Roy…

Henriette, le portable collé à l'oreille, du chocolat sur la joue, supplia :

— Alors ?

— La porte d'entrée est grande ouverte, comme la fenêtre qui donne sur la rue…

Elle baissa encore la voix :

— Je crois qu'il y a quelqu'un à l'intérieur…

Henriette l'encouragea :

— Vas-y, va voir !

Silence à l'autre bout du fil. Henriette tendit l'oreille. Elle entendait des grattements, des glissements, des bruits sourds, peut-être des éclats de voix.

Soudain, les glapissements de son amie lui vrillèrent le tympan :

— Y a quelqu'un, je te le jure ! Un homme, plutôt jeune. Je l'ai aperçu par la fenêtre. Il est dans le salon, il cherche quelque chose dans le bureau.

— Sonne à la porte et demande-lui de t'acheter le calendrier de ton association de protection des cloportes.

— Mais Henriette, de quoi tu parles ?

— Prends n'importe quelle excuse et trouve qui est cet intrus ! Allez, courage, Miss Marple !

Elle entendit la sonnette, puis les pas de l'homme qui s'approchait. Il aboya :

— C'est pour quoi ?

Janine, d'une voix tremblante, répondit :

— Ça vous intéresse le calendrier pour la protection des cloportes en milieu aquatique ?

— La protection de quoi ?

La voix de Janine prit un peu d'assurance :

— Madame Roy l'achetait chaque année. Alors, vous le prenez ?

Puis il y eut à nouveau des raclements, des bruits étouffés, un cri. Celui de Janine. Elle hurla au téléphone :

— Il vient de coincer mon pied dans la porte.

L'homme aboya :

— Vous parlez à qui ?

— À personne. Alors ce calendrier ? Cinq euros, c'est pas cher, vous savez, ça couvre à peine les frais d'impression, c'est toujours ce que disait madame Roy. D'ailleurs, vous la connaissez ?

— C'est ma tante. Et je ne veux pas de votre calendrier.

— Attendez !

— Qu'est-ce qu'il y a, encore ?

— La semaine dernière, j'ai donné… un livre à madame Roy. Je pourrais le récupérer. Je crois qu'elle l'a mis dans son bureau. Vous permettez ?

Henriette dansa la gigue en robe de chambre. *Bien joué Janine !*

Mais la suite doucha rapidement tout espoir.

— Sortez d'ici ou j'appelle les flics.

Henriette entendit le claquement de la porte, les gémissements de son amie, le bruit d'une voiture au loin.

Janine lui raccrocha au nez. Henriette la rappela immédiatement, sans succès. Elle lui envoya un texto, écrit en lettres majuscules :

IL FAUT TROUVER L'ARBRE GÉNÉALOGIQUE DE THÉRÈSE ROY ET SAVOIR QUI EST CE NEVEU. METS TON PIED DANS UNE BASSINE D'EAU SALÉE. BRAVO, MISS MARPLE !

37

MICHEL

Michel Delage, après une nuit agitée, prit son courage à deux mains. Il entra dans son bureau – un réduit situé au rez-de-chaussée – et ouvrit les persiennes. La lumière inonda la pièce aux murs blancs. Il aimait cet endroit, l'ancien bureau de sa femme. Il n'avait pas eu le courage de toucher aux objets qui lui appartenaient : des dessins d'élèves, un pot à crayons en argile, un collage à la manière de Klimt. Il avait posé ses dossiers au-dessus des siens, empilé ses factures et ses déclarations dans le porte-documents, les pubs de la coopérative dans la bibliothèque en bois clair, sur les cahiers d'écoliers. À Noël dernier, Romain lui avait offert un fauteuil réglable, avec accoudoir, épais et profond, de couleur crème. Michel avait ri, ému et flatté, se sentant quelqu'un d'important dans ce fauteuil en cuir.

Il s'assit et regarda, pensif, l'écran de son téléphone. Fallait-il… Il appuya sur le numéro de Pascal Gaillard, le cœur battant. Après plusieurs sonneries dans le vide, le répondeur se déclencha. Michel raccrocha. Depuis la manifestation, il n'avait pas réussi à le joindre. Il n'aimait pas ce malaise. Brusquement, il se leva, attrapa les clés de sa voiture. Puisque Pascal refusait de répondre, il irait le voir directement.

Dans la cuisine, Romain et Thomas dévoraient d'immenses tartines devant des tasses de café fumant.

— Bonjour Pa. On s'occupe des bêtes, du foin et on part rouler. On revient dans l'après-midi. Ça te va ?

— Ok. Vous allez où ?

— À Rochefort. L'association « Mon vélo est une vie » organise une mobilisation devant la sous-préfecture. Le but de cette assoce est de sensibiliser la population pour une protection de tous les cyclistes. On a rendez-vous à onze heures avec Marc Roche et les clubs de la région. Teodoro Bartuccio, qui a créé l'association, sera là. On voudrait lui demander d'organiser une formation de sensibilisation pour les scolaires de Surgères et d'Aigrefeuille. Et toi, tu vas où ?

— Je fais justement un saut à Surgères, pour une pièce de rechange à commander. Après, je passe voir Pascal.

Romain avala une gorgée de café, puis reposa la tasse sur la toile cirée à carreaux bleus, aux aguets.

— Parce que vous avez prévu d'autres manifs ?

— J'en sais rien, il ne répond pas à mes appels. Allez, j'y vais. À tout à l'heure.

Thomas regarda Romain en souriant :

— Et après la mobilisation, on pique une tête, hein ?

— Tu es cycliste ou amateur de bouée canard ? Touriste, va !

*

Après avoir traversé Aigrefeuille, Michel emprunta la départementale. La circulation était dense, et les nombreux vacanciers, voiture pleine à craquer, se dirigeaient tous vers l'ouest, en direction de l'océan. Près de Chambon, arrivant à un rond-point, Michel mit le pied sur le frein pour ralentir. Mais la pédale s'enfonça jusqu'au plancher et ne bougea plus. Michel appuya plusieurs fois, sans succès. Il roulait à cinquante kilomètres heure et la voiture devant avait déjà amorcé son virage dans le rond-point. Il restait environ cent mètres. Il hurla. Ses yeux cherchèrent le meilleur itinéraire, celui qui le ralentirait mais sans présenter de danger. Ne pas hésiter, ne pas défaillir. Il choisit de couper le rond-point sur la droite, espérant qu'aucune voiture ne s'y engagerait d'ici son passage. Il appuya sur le klaxon pour signaler le danger. Le rond-point approchait à toute vitesse. Il pria pour que la voiture reste sur ses roues, encaisse les bords du rond-point et les obstacles sans se renverser. Il réessaya le frein, sans succès. Sa vitesse ne faiblissait pas ; il enfonça le klaxon, affolé. En face, les automobilistes le regardaient sans comprendre, curieux. Il hurla. Sa voiture monta sur le rond-point, arracha la décoration – un tonneau de bois, une treille avec du raisin, quelques arbustes – et redescendit de l'autre côté. Le choc fut rude et Michel perdit le contrôle du véhicule. Il ferma les yeux. La voiture poursuivit sa trajectoire et fut stoppée à pleine vitesse par le tronc d'un jeune platane. Le capot avant de la voiture se plia tel un accordéon.

Un conducteur de camion polonais, qui circulait vers l'ouest, fit des appels de phares aux véhicules roulant en sens inverse. Il s'engagea sur une des routes desservies par le rond-point et gara son camion le long du fossé, en warning. Il courut vers la voiture de Michel, tout en composant le 112.

*

À Rochefort, dans les jardins de la corderie royale, non loin de la sous-préfecture, les cyclistes étaient nombreux au rendez-vous fixé par « Mon vélo est une vie » : jeunes ou âgés, avec des vélos de course, de route ou des VTT, en tenue de ville ou en maillots aux couleurs des clubs charentais. À onze heures précises, des dizaines de sonnettes retentirent. Le sous-préfet discuta un long moment avec les membres de l'association. Un peu plus tard, les participants rendirent hommage aux cyclistes victimes de la route et à leurs proches, allongés à côté de leur vélo, et respectèrent une minute de silence. Après la dissolution de la manifestation, Marc Roche s'approcha de Teodoro Bartuccio et lui exposa son projet.

À quelques mètres, Anthony suppliait Romain et Thomas de venir se baigner avec eux. Trente minutes plus tard, ils barbotaient dans l'eau verte et salée, juste en face de l'île d'Aix.

38

COOPÉRATIVE

Au même moment, le commandant Touvier, accompagné des gendarmes Berthet et Clément, pénétra dans les locaux de la coopérative. Pascal Gaillard leur avait ouvert la porte sans un mot, l'air mauvais.

Comme il s'y attendait, Touvier trouva le bureau rangé, les dossiers triés et sans doute en partie vidés. Il demanda à voir tous les dossiers relatifs à Betagreen. Gaillard se saisit d'un dossier dans la bibliothèque en pin derrière le bureau, le même dossier que Touvier avait repéré lors de sa dernière visite. Il le tendit à l'adjudant-chef :

— Des articles de presse sur le groupe américain ; une enquête de la Wild Farm Alliance (une association environnementale américaine) ; la liste des procès en cours contre le groupe… Tout est public et en ligne sur Internet. Il suffit de chercher un peu pour se rendre compte des agissements de Betagreen.

Touvier saisit le dossier, le feuilleta :

— Vous êtes né où ?

Pascal Gaillard recula. Sa voix se durcit :

— Pourquoi ces…

— Simple vérification, ça fait partie de la procédure.

Gaillard secoua la tête de droite à gauche :

— Je connais mes droits. Je n'ai pas à répondre à vos questions, rien ne m'y oblige. Je vous laisse fouiller, mais je ne répondrai pas.

Il s'assit sur la chaise et croisa les bras, mâchoires serrées.

Touvier s'empara du disque dur, des dossiers de comptabilité et du dossier Betagreen. Il fit le tour de toutes les étagères, fut surpris par l'absence d'objets ou de photos personnelles, ne fit aucun commentaire.

Après avoir vidé la pièce, Berthet et Clément transportèrent le matériel dans la voiture de gendarmerie. Touvier demanda à examiner les dossiers relatifs aux administrateurs de la coopérative et embarqua les quatre gros classeurs noirs. Derrière la pièce où ils se tenaient se trouvait une salle de réunion, prévue pour une dizaine de personnes. Il demanda à y avoir accès. Gaillard s'exécuta et emmena le commandant sans un mot.

La salle était dépouillée : une table ovale, dix chaises, un meuble avec une cafetière bon marché et quelques tasses. Sur les murs, des affiches relatives à la coopérative étaient punaisées.

— Votre conseil d'administration se réunit ici ?

Gaillard confirma d'un signe de tête. Soudain, le téléphone de Touvier sonna. Il regarda l'écran, remit le téléphone dans sa poche. Une dernière fois, ses yeux firent le tour de la pièce. Il salua brièvement Gaillard et sortit.

Sur le parking, tandis que Berthet et Clément chargeaient les derniers dossiers dans le coffre, il s'éloigna et rappela le numéro. L'employé du laboratoire d'analyses d'Angoulême décrocha immédiatement :

— On vient de trouver des traces d'ADN dans l'hôtel à Chauvigny. À deux endroits : la buanderie, et sur la fenêtre de la salle de réception, au rez-de-chaussée – celle qui a permis à l'incendiaire de pénétrer dans l'hôtel.

— Et ?

— ADN inconnu du fichier national automatisé des empreintes génétiques.

— Merde !

Le commandant donna un coup de pied dans un caillou en bord de champ.

— D'autres éléments, sur l'incendie ?

— On a reconstitué les grandes lignes : l'incendiaire s'est introduit par la salle de réception puis a mis hors d'usage les panneaux lumineux. Dans la buanderie, il a répandu de l'essence sur les serviettes entreposées dans la pièce, et y a mis le feu. Le brasier s'est propagé rapidement aux pièces voisines, notamment dans la chambre de Valentin Archer.

— De façon volontaire, d'après vous ? Je veux dire, pensez-vous que la chambre de Valentin ait été visée particulièrement, plus que l'autre chambre adjacente ?

— Difficile à dire. Les traces d'essence ont été retrouvées à plusieurs endroits de la buanderie. Impossible d'en déduire quoi que ce soit.

Touvier regarda l'horizon, sans le voir. Il réfléchissait.

— Et l'ADN de la casquette de Delage ?

— En cours.

— Comment ça, en cours ? Vous avez pu relever des traces d'ADN ou pas ?

— Je me renseigne et je vous rappelle, commandant.

Touvier jura devant un tel manque de professionnalisme. Il se dirigea vers la voiture, énervé.

— Allez, on y va. On a du pain sur la planche.

Il se tourna vers Berthet :

— Vous travaillez à plein temps sur la vie privée de Pascal Gaillard. Vous épluchez tout, de son arrière-grand-père en passant par sa première dent et son crédit immobilier.

Il se mit au volant, énervé, et s'adressa à Clément, assis à l'arrière :

— Vous avez appelé votre cousin apiculteur ?

— C'est mon beau-frère. D'après lui, il existe plusieurs méthodes pour transporter un nid de guêpes sans danger. La première consiste à aspirer toutes les bêtes à l'intérieur du nid puis à les remettre dans un nouveau nid. Il existe des machines pour ça. Lui n'en a pas, mais certains de ses collègues les utilisent régulièrement, notamment pour débarrasser les particuliers d'un nid gênant dans leur jardin. L'autre méthode consiste à enfermer le nid dans un grand sac, puis à le maintenir à basse température pour endormir les guêpes. On peut ainsi les transporter facilement et sans danger. Il faut ensuite faire monter progressivement la température pour que les guêpes retrouvent leur mobilité.

Touvier, concentré sur la route, ne répondit pas. Soudain, entendant l'alerte mail sur son portable, il tourna brusquement à droite sur un étroit chemin de terre et stoppa la voiture. Il attrapa son téléphone et consulta sa boîte de réception. Il se tourna vers les deux gendarmes, étonnés :

— C'est le rapport de mon collègue d'Angoulême, celui qui est intervenu en premier sur les lieux de l'incendie, à Chauvigny. Apparemment, il a pas mal creusé du côté de Betagreen et de son équipe cycliste… Je vous lis : « Betagreen Compagny est une entreprise américaine, fondée en 1972 par Mike Smith. La maison mère possède de nombreuses filiales, localisées en Amérique de Nord, Amérique du Sud, Europe et Asie-Pacifique, exclusivement dans le secteur de l'agrochimie. Betagreen Compagny est la première société à avoir commercialisé le X321, un puissant fongicide soupçonné d'être à l'origine de cas de cancers, retiré du marché en 2008. Le groupe… »

Touvier survola les lignes suivantes, puis poursuivit sa lecture :

— « … aucune demande officielle n'a été publiée concernant l'implantation d'une filiale près de Niort. Tous les articles reposent sur une déclaration ambiguë du maire de Niort, qui souhaite "accueillir sur son territoire une entreprise américaine et promouvoir un partenariat franco-américain générateur d'emplois". »

En marge du rapport, son collègue avait griffonné la mention suivante : « Aucun dossier à la mairie de Niort ni sur les communes avoisinantes. » Les yeux de Touvier parcouraient le mail en diagonale. Il s'arrêta sur le sous-titre Betagreen IDS : « L'équipe cycliste Betagreen IDS est une équipe française de cyclisme professionnel sur route. Elle est dirigée par Harry Morton et a été créée en 2016 par Mike Smith, P.-D.G. de Betagreen Compagny. Elle compte dans ses rangs Steve A., vainqueur de la quatorzième étape du Tour d'Espagne et huitième au Tour de Californie. Depuis 2016, Harry Morton a dû faire face à plusieurs transferts et démissions… »

Touvier stoppa la lecture, reprit un peu plus loin : « Valentin Archer, né le 27 mai 2000 à Montluçon, est un coureur cycliste français. Il fait ses débuts professionnels en 2019 avec l'équipe Betagreen IDS. Son oncle, Thierry Archer, a été professionnel de 1996 à 1999 et a notamment remporté… »

— Ensuite, le rapport détaille la carrière de chaque coéquipier de l'équipe Betagreen IDS. Je vous fais suivre le mail à tous les deux.

Le commandant se tut et effectua une marche arrière. Ils reprirent la route en direction de la brigade d'Aigrefeuille-d'Aunis pour examiner les pièces perquisitionnées.

39

MICHEL

Après une désincarcération difficile, Michel fut emmené sirène hurlante au centre hospitalier de Rochefort. Conscient, il prit le temps de vérifier un par un l'état de tous ses membres. Il s'émerveilla de la résistance d'un corps humain et mesura l'étendue de sa chance. À l'exception d'une plaie à la tête, aucune autre partie de son anatomie ne semblait avoir été touchée. Le médecin dans l'ambulance le félicita pour sa forme physique, tout en nettoyant la plaie avec un désinfectant à l'odeur âcre.

Arrivé au centre hospitalier, Michel fut pris en charge par un interne des urgences puis subit un examen médical approfondi. L'interne, un jeune barbu visiblement épuisé, posa dix agrafes sur le sommet de son crâne après avoir rasé une large bande de cheveux poivre et sel. Les radios s'avérèrent rassurantes. L'interne lui posa une minerve et signa un arrêt de travail d'une semaine. Michel sourit :

— Vous croyez vraiment que la moisson va se faire toute seule ?

L'interne haussa les épaules :

— Faites-vous aider. À votre âge, le corps a besoin d'un temps de récupération plus long. Je dis ça, mais vous savez, j'aimerais avoir votre forme… Quelqu'un peut venir vous chercher ?

Sans attendre de réponse, il ajouta :

— Je vous signe un bon de transport, pour le taxi. Ça ira ?

Michel se leva :

— C'est à vous qu'il faut poser la question ! Vous avez bientôt fini votre garde ?

L'interne consulta son portable :

— Depuis trois minutes ! Ah, j'allais oublier. Les secours ont prévenu les gendarmes pour votre accident de voiture. Ils vous appelleront. Ne vous inquiétez pas, c'est la procédure.

Dans la salle d'attente de l'hôpital, Michel s'assit avant d'appeler le taxi. Il hésitait à prévenir Romain par téléphone mais ne voulait pas l'inquiéter. Il décida donc d'attendre et se dirigea vers la pharmacie en face de l'hôpital pour retirer les antidouleurs et les compresses prescrites par l'interne. Puis il se glissa dans un taxi, donna son adresse et s'endormit, épuisé.

*

Lorsqu'il arriva à la ferme, Romain et Thomas, les cheveux encore humides de leur douche, regardaient l'étape du jour, son à plein volume. Michel se laissa tomber à côté d'eux sur le canapé. Romain, yeux fixés sur le peloton, fit un résumé de la situation :

— Course coupée en deux, peu de Français dans le groupe de tête. Alaphilippe et Pinot en font partie. Ils vont…

Romain se tourna vers son père, sursauta à la vue du pansement blanc entourant sa tête :

— Mais qu'est-ce que…

Il lui prit le bras, inquiet :

— Ça va, tu vas bien ?

Michel soupira :

— Ça va, rien de cassé. J'ai eu un accident de voiture. La pédale du frein était HS et j'ai foncé droit sur un rond-point. C'est un arbre qui a arrêté la voiture.

Thomas écoutait, horrifié.

— Je n'ai qu'une blessure à la tête, sans gravité. L'interne m'a dit que j'avais une très bonne forme pour mon âge…

La peur se lisait sur le visage de Romain.

— Tu n'as rien de cassé ? Et ta voiture, elle est dans quel état ?

Michel passa sa main sur son visage, appuya sa tête contre le canapé :

— Aucune idée, mais elle ne doit pas être belle à voir… comme moi.

Il ferma les yeux, pâle. Thomas lui proposa aussitôt un verre d'eau, qu'il accepta. Il but et ferma les yeux.

À l'écran, le groupe de tête approchait des premiers dénivelés du col de la Biche, à cinquante kilomètres de l'arrivée, située au sommet du Grand Colombier. Alaphilippe, calé au milieu du groupe, pédalait sans montrer trop d'efforts. Geraint Thomas se tenait en embuscade, aux aguets et prêt à riposter en cas d'attaque.

Thomas s'essuya les cheveux dans la manche de son tee-shirt et regarda longuement Romain. Ce dernier, effrayé, vérifia que son père était bien endormi avant de dire :

— D'abord, sa casquette placée sur les lieux de l'incendie ; maintenant, ses freins qui lâchent...

Thomas acquiesça d'un signe de tête, sourcils froncés :

— Il faut prévenir les gendarmes, si ce n'est pas encore fait. Parce que ça fait beaucoup de coïncidences, non ? Il ne faudrait pas que ça tourne vraiment mal...

Il se tut et Romain ajouta précipitamment, en désignant sen père du menton :

— Ok. Par contre, c'est à lui de les prévenir. Je ne peux pas prendre la décision à sa place...

Il dévisagea son père endormi, chuchota :

— Merde, qu'est-ce qu'il a bien pu faire pour mériter ça ?

*

Dans les lacets du Grand Colombier, envahi par la foule des grands jours, ne restait qu'une poignée de coureurs. Six pour être précis, dont Geraint Thomas et Thibaut Pinot. Alaphilippe avait décroché juste après Culoz, en raison d'un grand coup de fatigue. Il serrait les dents pour ne pas laisser l'écart se creuser entre lui et Geraint Thomas. Toute la France était suspendue à ce décompte, un suspense savamment entretenu par Thomas Voeckler et Thierry Adam sur leurs motos, qui avaient ouvert les enchères. Devant, Thibaut poursuivait son ascension, le visage impassible, enchaînant les relais sans broncher. Le public l'applaudissait et hurlait son nom sur son passage.

Les drapeaux bleu blanc rouge formaient une haie d'honneur, qui se refermait après le passage des cyclistes.

Romain et Thomas, scotchés à l'écran, faisaient tout leur possible pour ne pas faire de bruit : Michel ne bougeait pas, profondément endormi sur le canapé. Lorsque Pinot, après un virage serré, passa à l'attaque, Thomas se mit debout et fit de grands gestes pour encourager le Français. À ce moment précis, le portable de Michel, posé sur la table basse, se manifesta. Romain coupa la sonnerie. La flamme rouge apparut sur l'écran de télévision. Dans la roue de Pinot, Geraint Thomas gérait la course. Il attendait la bonne configuration pour attaquer à son tour. Mais un troisième homme, derrière, se détacha du gruppetto et passe à l'offensive. Tiesj Benoot, le cycliste belge de l'équipe Sunweb, sembla fondre sur les deux hommes de tête. Surpris, Geraint Thomas tenta d'accélérer. Pinot, bouche grande ouverte, sentant le danger, jeta ses dernières forces dans la bataille. Tiesj Benoot, majestueux, dépassa Thomas. Il accéléra encore et passa la ligne au coude-à-coude avec le Français. Thibaut Pinot leva les bras en signe de victoire, mais le doute s'insinua : qui avait officiellement remporté la quinzième étape ?

*

Romain secoua son père. Celui-ci mit un temps fou à se réveiller. Il se redressa dans le canapé, gémit de douleur.

— Je t'apporte tes médicaments. J'ai fait des pâtes. Il faut que tu manges un peu et après, au lit.

Il aida Michel à se lever, le suivit dans la cuisine. Thomas, penché au-dessus de la passoire, disparut dans la vapeur.

— C'est prêt ! Ça va Michel ?

Ce dernier tomba lourdement sur sa chaise, prit sa tête entre ses mains, grommela quelques mots.

— Un peu de pâtes ? Tu veux du parmesan ?

Michel attrapa l'assiette de pâtes, commença à manger. Ses gestes étaient mécaniques, au ralenti. Romain lui tendit une boîte blanche :

— Un comprimé pendant les repas.

Il lui tendit un verre puis s'attabla également. Ils mangèrent en silence. Michel repoussa son assiette.

— Je cale. Je monte dormir. Merci pour le repas.

Romain l'accompagna jusqu'à sa chambre.

— Si tu as besoin, tu m'appelles, ok ?

Pendant ce temps, Thomas était sorti sur la terrasse pour appeler Henriette. Il n'avait pas eu de nouvelles depuis plusieurs jours et redoutait la réaction de sa grand-mère. Les pierres de la façade renvoyaient encore la chaleur accumulée pendant la journée. La nuit tombait et un voile bleu recouvrait le paysage. Mais Thomas ne remarqua même pas le chant de l'oiseau posé sur le hêtre voisin ni le renard qui guettait à la lisière du champ, entièrement focalisé sur la tournure que prenaient les événements. Le climat de défiance entre Romain et son père le minait. Et puis, il y avait cette menace, qui se rapprochait de Michel, une menace masquée et mystérieuse, semblable à un lasso que l'en resserre, un nœud coulant autour du cou de Michel… Il frissonna.

— Bonsoir mamie, c'est Thomas. Tu vas bien ?

— Tu savais que madame Roy avait un neveu ? Oui, oui, bonsoir Thomas, ça va, ça va. Un neveu, tu savais ?

— Euh, non. Comment le sais-tu, toi ?

— Grâce à un calendrier de soutien aux cloportes et à la recette de l'estouffade de bœuf à la provençale.

Thomas sursauta :

— Tu vas bien mamie ?

— C'est le fils de son frère. Figure-toi qu'il fouillait hier dans le bureau de Thérèse. Tu crois qu'il peut l'avoir tuée pour avoir un héritage ?

— Je… sais pas. Je ne savais même pas qu'elle avait un neveu…

— Et toi, de ton côté, ça donne quoi ?

— Eh bien…

Sa gorge se serra.

— Michel, le père de Romain, a eu un accident de voiture aujourd'hui. Il n'a presque rien, heureusement. Mais ce n'est pas n'importe quel accident. Sa pédale de frein aurait été trafiquée…

— Comment peux-tu savoir que c'est un sabotage ?

— Les gendarmes le confirmeront sans doute demain. Vu le déroulement des faits, c'est une quasi-certitude. Et puis, il y aussi sa casquette qui a été retrouvée près de l'hôtel incendié… Tu sais, l'incendie qui a blessé Valentin Ar…

— Oui, oui. Est-ce que Michel soupçonne quelqu'un en particulier ? Est-ce qu'il a réfléchi à un lien avec le meurtre de Thérèse Roy ?

— À vrai dire, il ne parle pas beaucoup. Il faut dire que Romain doute de tout : de son père, de ses faits et gestes… Enfin, c'est compliqué…

— Autour de lui, il a des ennemis ? Parce que, d'après ce que tu m'as dit, il ne voulait pas manifester. Tu sais pourquoi il a changé d'avis ? C'est à cause de ce Pascal Gaillard ? C'est bien le nom que tu m'as cité, l'autre jour ?

Thomas, surpris, félicita Henriette pour sa mémoire. Il confirma et aussitôt elle poursuivit sa salve de questions :

— Il faut que tu te renseignes sur lui, pour comprendre le déroulement des faits. Qui sait, c'est peut-être lui qui lui en veut à mort… Et sinon, du côté de la famille de Michel ? Des parents ? Tu crois que Michel peut avoir une liaison ? Ou être victime de chantage ? En fait, c'est quoi sa vie ? Tu t'es renseigné un peu ?

— Mamie, du calme ! C'est lui qui m'héberge, je ne suis pas là pour enquêter, encore moins pour le soumettre à un interrogatoire !

— Tu ne comprends pas, Thomas : c'est une question de vie ou de mort. Aujourd'hui, il s'en est sorti. Mais demain, qui te dit qu'il en réchappera ? Alors tu mets tes doutes dans ta poche et tu fourres ton mouchoir par-dessus ! C'est bien compris ? Je te rappelle demain et tu as intérêt à me donner des infos.

Elle raccrocha sans attendre de réponse. Thomas poussa un cri de colère, qui se perdit dans l'immense champ devant lui. Il bougonna, sans se douter que ce faisant, il ressemblait comme deux gouttes à sa grand-mère. *C'est la meilleure celle-là ! S'il meurt, ça sera ma faute ! Et qu'est-ce que c'est que cette histoire de neveu et de… cloportes ?*

Romain lui tapa sur l'épaule, et Thomas fit un bond en hurlant. Romain s'esclaffa :

— T'as pas la conscience tranquille, toi ! C'est toi qui as saboté l'embrayage ?

Thomas, cœur à deux cents à l'heure, ne répondit pas. Romain se déchaussa et s'allongea sur la terrasse. Thomas s'assit en tailleur non loin de lui. Il faisait de plus en plus sombre, et la lune, pleine et brillante, brillait à l'horizon. Ils restèrent un long moment silencieux. Des coassements s'élevèrent de la mare, non loin de la ferme. Romain soupira :

— J'ai… Je ne comprends pas. Je ne comprends pas ce que mon père a fait pour être ainsi menacé…

— J'ai l'impression que tu prends le problème à l'envers. Tu vois ton père comme coupable, comme responsable de ces attaques. Il peut aussi être la cible d'un maniaque, d'un détraqué, qui agit sans raison. Peut-être que ce détraqué a tué madame Roy, qu'il cherche à tuer ton père, que sa liste de victimes est aléatoire et sans logique…

— Parce que tu es sûr que le meurtre de Roy et que tout ce qui est arrivé à mon père est dû à la même personne ?

La voix de Romain tremblait légèrement. Il toussa, se reprit, furieux de sa faiblesse :

— T'en as parlé à ton père ?

— Non. D'abord parce que je ne lui en parlerais pas sans ton accord, ensuite parce que ce n'est pas sa circonscription, et qu'il ne pourra rien faire. Si tu veux en parler aux autorités, contacte le commandant Touvier ou l'adjudant-chef Berthet. C'est eux qui enquêtent, ils connaissent déjà tous les éléments.

Il se tut un instant.

— Toi, tu ne trouves pas bizarre que ces meurtres, ou en tout cas le meurtre de Roy et les menaces sur ton père arrivent au même moment, dans ce bled où il ne se passe jamais rien ? Évidemment que c'est lié ! Question de probabilité…

Romain réfléchit en silence, souffla :

— Je ne sais pas, je ne sais vraiment pas… Je verrai demain pour la gendarmerie.

Il se leva d'un bond, souple comme un chat, malgré la fatigue de la route parcourue et des émotions de la journée :

— Un Français qui remporte l'étape du jour, c'est pas la classe ? On sort pour fêter ça ? Ça nous changera les idées…

40

JOURNAL INTIME [7]

Je n'ai rien vu venir.

Un jour, elle a sonné à ma porte, est entrée sans invitation. Elle était vieille et ridée, contrairement à sa détermination, un concentré de force et de vigueur. Elle a évalué l'épaisseur des rideaux, le moelleux du tapis, la provenance de ma porcelaine, comme ça, d'un simple regard, détaché. J'ai senti quelque chose se nouer à l'intérieur de moi.

Elle m'a dit : « Je sais qui tu es. Et tu n'as pas accordé ta confiance à la bonne personne. » Et puis, après un long silence – pendant qu'à l'intérieur, les serpents continuaient de se battre, de s'étrangler – elle m'a dit : « Je sais aussi qui est ton père. » Les serpents se sont assagis, aux aguets.

Elle a grimacé : « Il s'est bien foutu de toi. »

À l'intérieur, cela glissait, ondulait, s'enroulait dans mes entrailles.

Elle a craché par terre, a débité par à-coups : « Je te le dis, parce qu'il faut toujours savoir d'où l'on vient. C'est défoncée que ta mère me l'a avoué. Le nom de ton père. Et il s'est bien foutu de vous. »

Silence. « Je te le dis, parce que si je disparais, je ne veux pas emporter son nom avec moi. Trop sale. »

Elle a regardé ses mains. « Je te souhaite bien du courage. »

La lueur de pitié, tout au fond de son regard suffisant, m'a révulsé. J'ai fermé les yeux. Elle en a profité pour s'approcher de moi, inconsciente du danger, des serpents dans mon ventre, prêts à jaillir.

Dans le noir de mes paupières closes, elle m'a chuchoté le nom de mon père à l'oreille.

Elle s'est éloignée, s'est dirigée vers la porte. « Je te souhaite bien du courage. Ton père a toujours été respecté. Le respect est la pire des… » Je n'ai pas entendu son dernier mot.

Elle a refermé la porte sans un bruit.

JOUR DE REPOS

LUNDI 13 JUILLET

41

COMMANDANT TOUVIER

Comme le commandant Touvier l'avait prévu, la saisie ne donna aucun résultat, à l'exception des comptes de la coopérative. Une équipe de la brigade de recherches d'Angoulême planchait dessus pour vérifier qu'aucune infraction ou détournement d'argent n'avait eu lieu.

Touvier, assis derrière son bureau, réfléchissait, une tasse de café posée devant lui. Soudain, son portable l'avertit de l'arrivée d'un nouveau mail. Comme il provenait du laboratoire, il l'ouvrit immédiatement. Son collègue lui confirmait qu'une analyse avait été réalisée sur la casquette de Michel Delage, un « échantillon non standard, mais qui avait permis d'identifier le contenu de la trace biologique grâce à un cheveu ». Puis le labo confirmait que l'ADN retrouvé sur la casquette était différent de celui retrouvé sur le lieu de l'incendie, dans la buanderie et sur la fenêtre de la salle de réception, au rez-de-chaussée de l'hôtel. Le commandant soupira. Voilà qui ne faisait que compliquer encore un peu la situation…

Il vit alors un autre mail non lu, qui avait échappé à sa vigilance, provenant de la brigade de gendarmerie de

Surgères et transféré par l'adjudant-chef Berthet. Il l'ouvrit immédiatement. Le mail indiquait qu'un accident avait eu lieu la veille, sur la départementale en direction de Surgères : un véhicule qui avait fini sa course dans un arbre. La collision était due à une pédale de frein défectueuse. Le conducteur répondait au nom de Michel Delage. Touvier sursauta. Il l'appela immédiatement et tomba sur son répondeur. Il se leva et s'empara des clés de sa voiture.

*

Après une nuit de sommeil agitée et fiévreuse, passé à se demander qui lui en voulait, Michel eut du mal à sortir de son lit. Seuls les meuglements le firent se lever – il ne pouvait faire attendre ses bêtes plus longtemps.

Lorsque Touvier se gara derrière la ferme, Michel, malgré ses blessures et son état de faiblesse, s'apprêtait à nourrir ses vaches. Il eut du mal à obéir à Touvier qui le pressait de répondre à ses questions : il était déjà en retard dans son boulot à cause de ce maudit accident. Il suivit le commandant à contrecœur et l'invita d'un geste bref à s'asseoir dans la cuisine. Il évita de proposer un café, pressé d'en finir. Son bandeau sur la tête avait bougé la nuit passée et penchait sur la droite. Plusieurs bleus et hématomes étaient visibles sur son visage, et soulignaient ses cernes impressionnants. Michel avait l'air épuisé. Touvier démarra rapidement les questions :

— Racontez-moi… hier, votre mésaventure… Que s'est-il réellement passé ?

Michel raconta la scène dans ses grandes lignes. Sa voix se serra lorsqu'il décrivit son incapacité à freiner, le film au ralenti jusqu'à l'arbre, le choc, le noir. Il posa une main sur son bandeau :

— J'ai eu une chance incroyable…

— De quand date le dernier contrôle technique de votre voiture ?

— Quelques mois à peine. Rien à signaler, pas de réparations à effectuer. Tout était bon.

— J'appellerai le garage en charge de l'épave. On procédera à un examen approfondi du frein. Admettons…

Touvier se redressa sur sa chaise et poursuivit, d'une voix volontairement hésitante :

— Admettons qu'on ait saboté le frein, pour vous blesser ou pire, vous tuer… Qui pourrait vous en vouloir… à ce point ?

Michel resta un long moment silencieux, les yeux dans le vague. Il tourna doucement la tête de droite à gauche :

— C'est ça qui me fait le plus peur… Je n'en ai aucune idée… Aucune. Je crois que j'aimerais mieux avoir la réponse, pour en finir tout de suite.

Touvier hocha la tête.

— Donnez-moi les noms de trois personnes susceptibles d'avoir une dent contre vous, que ce soit à titre personnel, familial, professionnel ou autre…

— Et qui voudraient me tuer ?

— Non, qui auraient une raison d'essayer de vous nuire.

Michel passa sa main sur sa barbe naissante. Il réfléchit.

— J'ai beau chercher, je ne vois pas…

— Faisons autrement. Sur le plan professionnel, rencontrez-vous des soucis ?

— Je n'ai pas vraiment adhéré à l'idée de neutraliser le Tour de France. Je n'ai pas apprécié la manière dont Pascal a imposé cette décision, sans laisser la parole à tous les membres, comme cela se fait habituellement.

— D'autres sont-ils de votre avis sur ce point ?

— Je ne sais pas. Pas beaucoup, je pense.

— Et Pascal Gaillard pourrait-il vous en vouloir ? Vous vous êtes ouvertement opposé à lui ?

— Difficile de savoir, j'ai peu de contact avec lui en ce moment… J'ai tenté de m'opposer à lui, oui, mais il s'est bien gardé de me laisser la parole. Il m'a bien tendu le micro, mais après le départ de la plupart des adhérents…

Touvier se tut, espérant que Michel développerait. Le soleil poursuivait son avancée sur la toile cirée de la table, grignotant un à un les carreaux rouges et les miettes du petit-déjeuner. Devant le mutisme de Delage, le commandant poursuivit ses questions :

— D'autres problèmes sur ce plan-là ?

— Non.

— Êtes-vous endetté ? Je veux dire, vous, personnellement, pas la coopérative.

— Je suis en GAEC, groupement agricole d'exploitation en commun, avec mon fils Romain. On a contracté un prêt pour renouveler le matériel de traite. Un prêt de 20 000 euros. Pas d'autres dettes.

— Le prêt, vous l'avez contracté auprès d'une banque ?

Michel hésita un quart de seconde avant de répondre.

— Non, auprès de la coopérative.

— À un taux préférentiel ?

Michel haussa la voix, furieux de ces sous-entendus.

— Au taux habituel réservé aux adhérents ! Pourquoi aurions-nous bénéficié d'un taux privilégié ? Toujours des soupçons sur la compta de la coopérative, c'est ça ?

Soudain, de façon inattendue, Michel baissa la voix et chuchota :

— Mais oui, si je quitte la coopérative, je risque d'avoir des taux revus à la hausse…

— Pourquoi quitteriez-vous la coopérative ?

Michel répondit vite, trop vite pour Touvier.

— C'est juste une hypothèse…

— Qui repose sur quoi ?

— Rien… Une idée comme ça.

— Qui vous est venue comment ?

Michel soupira :

— Après la manif… Je crois que je n'ai pas apprécié que Pascal agisse comme il l'a fait.

Le commandant marqua un long temps d'arrêt. Il n'arrivait pas à saisir la personnalité de Michel, ni ses intentions, et cela l'agaçait. Cet homme aux cheveux poivre et sel, au visage buriné et au regard inexpressif restait pour lui un mystère. Était-il victime ou bourreau ? Et si son accident n'avait eu pour but que de détourner les soupçons pesant sur lui ?

Touvier regarda par la fenêtre. Le soleil se reflétait sur la table du jardin, aveuglant. Un accident qui avait failli lui coûter la vie…

— Et au niveau familial, y a-t-il quelqu'un dans votre entourage susceptible de vous en vouloir ?

Michel haussa les épaules.

— Évidemment, avec la présence quotidienne de la gendarmerie dans la ferme, mon fils Romain se pose des questions. Sinon, je n'ai rien d'autre à dire. Vous connaissez mon histoire. J'ai eu toute une nuit en garde à vue pour vous la raconter.

La rancune et la colère perçaient dans sa voix. Touvier n'y prit pas garde.

— Vos deux parents sont décédés ?

— Je vous l'ai déjà dit. Mon père est mort cinq ans avant ma mère. Ils ont toujours vécu dans cette ferme sauf ma mère, qui a été à la fin en maison de retraite. Je ne pouvais plus m'en occuper…

— Des frères et sœurs ?

— Non.

— Des oncles et tantes ? Des neveux ?

— Ma mère avait une sœur, qui ne s'est jamais mariée, elle est morte il y a plus de dix ans. Mon père était enfant unique.

— Quelqu'un pourrait vous en vouloir ?

— D'abord, mon arbre généalogique est déplumé, et en plus, à part la ferme et les terres, je n'ai rien.

Touvier se recula au fond de sa chaise.

— Dans vos relations, un ennemi ?

Michel sourit, puis grimaça :

— Je suis asocial, je ne sors pas, je suis bien chez moi… un veuf vieux et buté.

Touvier hocha la tête et se leva. Il comprit avec effroi qu'il n'en savait pas plus qu'en arrivant.

— Je vous remercie d'avoir répondu à mes questions. Il se peut que je revienne un peu plus tard.

Il lui serra la main. Le commandant ajouta d'un ton qu'il voulut neutre :

— Soyez prudent. S'il y a la moindre chose, appelez-moi.

*

Tandis que Romain déchargeait les ballots de paille, Thomas répartissait le fourrage. Ils s'étaient couchés tard et avaient du mal à réprimer leurs bâillements. La lumière crue du soleil les obligeait à plisser des yeux. Avec la chaleur, ils luttaient pour ne pas les fermer complètement. Romain avait détesté voir la voiture de gendarmerie se garer une nouvelle fois près de la ferme. Cette répétition l'effrayait, comme un aveu de culpabilité.

Il gara le tracteur et rejoignit Thomas. Il lui tendit une bouteille d'eau après avoir avalé quelques gorgées.

— Bon, on fait quoi ?

Thomas immobilisa sa fourche :

— À quel sujet ?

— On va voir le Tour dans les Alpes ? Demain, c'est La Tour-du-Pin – Villard-de-Lans et mercredi, c'est Grenoble – Méribel… Les vacances, quoi !

— Et ton père ?

— Je sais ! C'est pour ça que je te demande…

Thomas s'épongea le visage. Ses cheveux noirs collaient à son front :

— Pour moi, la question ne se pose même pas. Avec l'accident d'hier, on ne peut pas le laisser seul… Il a besoin d'aide.

La voix de Michel, forte et décidée, les fit sursauter :

— Pas question de renoncer au Tour. Vous partez tout à l'heure et vous revenez à la fin de la semaine. J'ai une aide qui arrive cet après-midi.

Romain le regarda, surpris :

— Une aide ? Quelle aide ?

Michel s'approcha. Il avait refait son pansement, propre et bien serré.

— L'apprenti qui travaille chez Aude, la voisine. Elle me l'envoie pour quatre jours. En échange, je l'aiderai à développer sa gamme de produits en vente à la coopérative. Et puis le garagiste d'Aigrefeuille a livré la Peugeot 208 de remplacement, je peux donc à nouveau circuler, plus besoin de la tienne.

Thomas hésita puis demanda :

— Pour ta… sécurité, vu ce qu'il t'est arrivé, c'est sûrement mieux qu'on reste, non ?

Michel sourit :

— Des nounous comme vous, non merci ! L'apprenti est baraqué, il saura me défendre. Filez, vous avez sept heures de route. Faites gaffe. Et saluez Alaphilippe de ma part, dites-lui que je compte sur lui… que toute la France compte sur lui !

Romain posa une main sur l'épaule de son père :

— Tu es sûr, vraiment ?

Michel le regarda longuement dans les yeux.

— Sûr non, certain, oui. Vous l'avez bien mérité. La bataille s'annonce serrée pour le maillot jaune. Je veux des photos, des vidéos et un tee-shirt signé par Adam Laurens !

— Ok, Pa, tu l'auras ton tee-shirt !

Romain jeta la bouteille d'eau en l'air, visage illuminé :

— À nous les Alpes !

42

HENRIETTE

Sur l'île de Ré, les touristes continuaient d'affluer et s'apprêtaient à fêter le 14 Juillet. Un grand feu d'artifice était prévu au-dessus du Fier d'Ars. Henriette comptait s'y rendre, avec ou sans permission. Un instant, elle avait songé à se faire tatouer le code pour sortir seule de *La Marienne* en cas de défaillance de ses neurones, puis avait renoncé – elle avait bien trop peur des aiguilles et se demandait s'il était possible de tatouer une peau aussi plissée que la sienne…

Henriette était fatiguée. La veille au soir, après avoir parlé à Thomas, elle s'était replongée dans les dossiers donnés par le commissaire Roux, à la recherche d'indices sur Pascal Gaillard, et y avait passé une bonne partie de la nuit. Hélas, ce nom n'était apparu dans aucun dossier.

On frappa à sa porte et, aussitôt, Monique fit son apparition, essoufflée et rouge :

— Mon mari a fait un malaise !

Henriette s'esclaffa :

— C'est son cours de gymnastique ?

Monique la regarda d'un œil mauvais :

— Tu es jalouse, c'est ça ?

Le rire d'Henriette s'amplifia :

— Oui, jalouse de ne pas pouvoir faire dix pompes à la suite ou de courir cent mètres sans cracher mes poumons. Ton commissaire est un homme formidable !

Le ton était ironique mais Monique ne sembla rien remarquer. Elle saisit le bras d'Henriette :

— Il a été emmené à La Rochelle, à l'hôpital, pour être surveillé. Tu crois qu'il va mourir ?

Henriette cessa de rire et dévisagea son amie :

— Monique, ton commissaire est bien plus jeune que nous. Il nous enterrera toutes les deux !

— Oui, mais l'écart d'espérance de vie entre homme et femme…

— Arrête de t'en faire ! Tu veux qu'on sorte pour se changer les idées ? J'ai besoin de passer chez Régis pour…

— Encore une recherche internet à faire ? Il va perdre patience, si tu continues !

Régis, qui tenait le magasin de fleurs près de l'église, aidait parfois Henriette à faire ses recherches, que ce soit pour ses enquêtes ou pour sa physique quantique. Henriette glissa son bras sous celui de son amie.

— Une petite mousse, c'est pas de refus, non ? Il fait si chaud…

*

Vingt minutes plus tard, Henriette et Monique, épuisées et ruisselantes, entraient dans la boutique de fleurs. Il y régnait une délicieuse fraîcheur. Régis les accueillit, comme toujours, avec le sourire :

— Je viens de vendre une camionnette de roses blanches…

Il baissa la voix :

— C'est pour une star de cinéma qui habite aux Portes. Et puis on m'a commandé aussi…

Henriette l'interrompit sans ménagement :

— Je peux emprunter votre ordinateur, juste pour une recherche ?

Régis soupira :

— J'aime beaucoup le verbe emprunter ! Vous voulez que je fasse une recherche pour vous, c'est ça ?

Il passa derrière son comptoir et ouvrit son portable :

— Vous avez de la chance, je suis de bonne humeur aujourd'hui ! Alors, je cherche quoi ?

Henriette s'accouda au comptoir, ébouriffée :

— Pascal Gaillard, comme un gaillard…

Régis tapa sur le clavier avec ses deux index.

— D'autres infos ?

— Non juste ce nom pour commencer.

— Je trouve des dizaines de Pascal Gaillard… 11 sur Facebook, et 8 sur Linked…

— Alors, tapez Pascal Gaillard Aigrefeuille.

Régis s'exécuta et sourit :

— Voilà, il est agriculteur et fait partie de la coopérative d'Aigrefeuille… Autre article : il a manifesté récemment et il y a un article sur lui dans *Sud Ouest*. Oui, je sais, je sais, je vous l'imprime !

— Vous pouvez continuer de chercher ? C'est vraiment important. Une question de vie ou de mort, en fait.

Régis se mit à rire :

— Henriette, vous dites ça à chaque fois !

— Oui, mais cette fois, c'est vrai, croyez-moi…

— Ça aussi, vous le dites à chaque fois !

Régis parcourut la première page des résultats, puis la seconde.

— Pas de résultat probant… Gaillard est un nom de famille typique des Charentes… Là, un maçon qui se prénomme Thierry ; là, un chirurgien-dentiste ; là, une boulangerie Gaillard… La liste est longue !

— D'autres articles de journaux sur Pascal Gaillard à Aigrefeuille ?

— Non…

Henriette attendit, mais Régis releva la tête. Il alla récupérer l'article imprimé dans l'arrière-boutique, encombrée de pots en plastique et de sacs de terreau, et le tendit à Henriette :

— J'aurais droit à une récompense pour avoir sauvé une vie ?

— Bien sûr ! Je repasserai dans quelques jours pour…

— Ça aussi Henriette, vous le dites à chaque fois !

Henriette grimaça et pour se faire pardonner, acheta un plant de lavande pour *La Marienne* – le dernier plant avait rendu l'âme, dévoré par l'air marin et l'arrosage excessif d'Henriette.

Les deux amies se rendirent au café place de l'Église et commandèrent deux bières blanches. Monique consulta son téléphone et écouta attentivement son répondeur. Les nouvelles concernant l'état de santé du commissaire étaient rassurantes. Soulagée, elle avala une gorgée à sa santé. Tranquillisées, les deux femmes se turent, regardant les passants d'un œil critique.

43

ROMAIN ET THOMAS

Après huit heures de route, Romain et Thomas cherchèrent un coin tranquille en pleine nature près de Saint-Pierre-de-Chartreuse. Comme le camping était interdit dans le parc naturel régional, ils avaient décidé de dormir dans la voiture, espérant que la nuit ne serait pas trop froide à cette altitude.

La route serpentait à flanc de montagne, au milieu des sapins d'un vert sombre, et la vue était incroyable. Tant de reliefs et d'anfractuosités contrastaient avec l'espace parfaitement plat et lisse des Charentes. Thomas et Romain appréciaient les courbes, les passages de cols, les sommets dans le lointain, les lacets et les virages en épingle… Ils auraient aimé négocier les trajectoires à vélo, tester leurs aptitudes de descendeur, sentir la vitesse entre les aérations de leur casque… Demain, ils encourageraient les cyclistes, une pointe de jalousie dans le cœur.

Romain stoppa la voiture sur un petit chemin de terre, qui servait à l'entretien de la forêt. Le lendemain, pour la seizième étape, les coureurs emprunteraient la départementale toute proche pour entamer l'ascension du col de Porte, à 1 326 mètres d'altitude.

Assez vite, le soleil disparut et les ombres grandirent rapidement sous les sapins. À l'aide d'un réchaud à gaz posé sur le capot de la voiture, ils firent cuire une casserole de pâtes, dégustées debout. Romain envoya un texto à son père pour le rassurer, Thomas à sa grand-mère. Cette dernière lui répondit immédiatement, le suppliant de lui ramener deux litres de chartreuse verte, « pour soigner ses neurones fatigués et son arthrose épouvantable ». Romain éclata de rire : « À cinquante-cinq degrés, c'est sûr, la connexion entre les neurones se fait beaucoup mieux ! » Thomas lui balança sa bouteille d'eau à la figure.

Plus tard, allongés tant bien que mal sur les sièges inclinés, les garçons eurent le plus grand mal à trouver le sommeil. La lune était pleine et baignait les sapins d'une lumière presque phosphorescente. Le silence était total, parfois interrompu par les craquements des arbres autour d'eux – branches, troncs, souches, toutes ces parties semblaient prendre vie et se parler entre elles. À cinq heures du matin, frigorifiés, ils se recroquevillèrent dans leur sac de couchage. Les vitres intérieures de la voiture étaient couvertes de buée.

44

JOURNAL INTIME [8]

Je ne suis pas sorti pendant dix jours. J'avais trop peur de tuer quelqu'un.

Le nom m'a anéanti – le nom de mon père m'a anéanti. Jamais, jamais, je n'aurais imaginé…

J'ai été englouti sur des tonnes de boue, asphyxié par ma propre bêtise. Incapable de bouger, sous peine de suffoquer, de mourir.

L'humiliation que j'avais connue enfant est revenue, plus dure, décuplée.

« Il s'est bien foutu de vous. »

Et l'autre, LUI, celui qui tout à coup devenait… qu'allait-il dire ? Rire à mes dépens ?

Je n'arrive à plus rien.

Je cherche ma vengeance.

ÉTAPE 16

LA TOUR-DU-PIN – VILLARD-DE-LANS

MARDI 14 JUILLET

45

ROMAIN ET THOMAS

La première partie de la seizième étape, jusqu'à Saint-Laurent-du-Pont, était plate. Après la journée de break, reposés, les coureurs étaient pressés d'en découdre à nouveau. Un groupe de dix, dont Warren Barguil, Thibaut Pinot et Egan Bernal, s'était échappé après quelques kilomètres de course et les coureurs se relayaient efficacement. La distance entre cette échappée et le peloton s'accroissait à chaque kilomètre.

*

Romain et Thomas avaient dormi tard, sachant que les coureurs ne passeraient qu'en début d'après-midi sur la D512. Après un café et deux baguettes de pain au saucisson, ils partirent à pied chercher le meilleur endroit pour assister au passage des sportifs. Le long de la route, une file ininterrompue de véhicules s'étendait à perte de vue. Les supporters déjeunaient ou buvaient pour patienter, par petits groupes, maillot de cyclistes ou casquette du

Tour vissée sur la tête. Tous suivaient d'un œil la progression des coureurs sur leur portable.

Soudain, précédés de klaxons et d'une moto de gendarmerie, huit juniors, tous vêtus de la fameuse tenue noire Continental, firent leur apparition. Romain et Thomas leur firent un accueil triomphal, émus de les voir passer depuis le bord de la route. Un peu plus tard, la caravane du Tour, bruyante et colorée, balança de chaque côté du parcours des objets plastiques colorés au rythme des slogans publicitaires.

Près d'eux, un groupe de jeunes cyclistes patientaient, maillots bleus et jaunes aux couleurs de l'Entente Cycliste Montgeron Vigneux, le meilleur club de toute l'Île-de-France. Leurs vélos de course étaient posés derrière eux, contre les arbres. Thomas, vêtu de son maillot de l'USAC, s'approcha et discuta avec l'un d'eux avant d'être interrompu par les cris de la foule.

Le groupe d'échappée arrivait au bout de la route. Thomas, une nouvelle fois, fut surpris par la vitesse de passage des athlètes. Deux heures d'attente pour trente secondes de passage… Pourtant, la magie opéra : les visages concentrés des cyclistes, leurs machines de course éblouissantes, fabriquées sur mesure dans des matériaux à la pointe de la technologie, le ballet des motos de gendarmerie et de télévision, les hourras des supporters… Un concentré d'effort, de douleur et joie mélangés. Romain poussa des hurlements pour encourager les coureurs, Thomas prit une vidéo pour Michel. Juste derrière, la voiture rouge de Christian Prudhomme suivait l'échappée. Fête nationale oblige, Emmanuel Macron se trouvait à ses côtés. Fenêtre baissée, il agita le bras en passant devant eux.

Moins de quatre minutes plus tard, le peloton déboula, groupé, puissant. Le bruit des vélos était impressionnant. Le soleil faisait luire les casques, ricochait sur les verres des lunettes, s'accrochait à un cadre, à une roue. Il fallait avoir l'œil vif pour repérer un coureur précis. Seul le porteur du maillot jaune sortait gagnant de ce petit jeu – l'objectif recherché lors de sa création, en 1919.

Il restait un peu plus de cent kilomètres aux participants pour atteindre Villard-de-Lans. L'échappée allait sûrement se faire avaler, d'autres coureurs prendraient peut-être le relais… Romain et Thomas, fatigués par les longues heures de route de la veille, renoncèrent à se rendre à l'arrivée. Romain proposa de suivre le reste de la course dans un café de Saint-Pierre-de-Chartreuse.

46

LA FERME

À Aigrefeuille, le beau temps virait à l'orage. Le taux élevé d'humidité alourdissait l'atmosphère, et le temps pesait comme une couverture jetée sur les épaules. Au loin, à l'horizon, s'amoncelaient les premiers nuages gris, synonyme de précipitations, peut-être d'orage. L'apprenti arriva, comme prévu, en début d'après-midi, et Michel le mit directement sur la moisson. Il restait encore un champ et seulement quelques heures pour achever le travail avant la pluie. Les deux hommes se mirent en besogne sans perdre de temps. Heureusement, l'apprenti était dégourdi et déjà bien formé ; ils avancèrent rapidement.

En fin d'après-midi, alors qu'il restait une bande d'une centaine de mètres à moissonner, Michel eut la désagréable surprise de voir se garer la voiture bleue de la gendarmerie. Encore une fois. Il soupira et attendit que Touvier se positionne au bord du champ en faisant de grands gestes pour qu'il stoppe sa machine. Furieux, il sauta de celle-ci. Touvier s'approcha :

— Vous allez devoir me suivre. J'ai quelques questions à vous poser.

Michel tendit la main vers la portière de la moissonneuse :

— Ça attendra, j'ai du boulot.

Il pointa du doigt l'horizon :

— Il va pleuvoir, j'ai presque fini. Sinon, la récolte sera foutue.

Touvier secoua la tête, le regard froid :

— Vous devez me suivre, tout de suite.

Lorsqu'il se hissa sur la machine sans écouter le commandant, la main de celui-ci agrippa son épaule et l'obligea à redescendre.

— Tout de suite. Je ne vous laisse pas le choix.

Michel fit un immense effort pour ne pas riposter par la violence. Ce harcèlement était insupportable et injustifié.

— Je passe un coup de fil, que ça vous plaise ou non.

Il appela Aude, lui expliqua la situation. Inquiète, elle lui promit de tout faire pour trouver une solution afin de sauver la moisson. L'apprenti, qui avait assisté à toute la scène, rassura Michel et lui promit de s'occuper de la ferme et des bêtes en son absence.

Lorsque Michel s'assit dans la voiture à côté de Touvier, il laissa exploser sa colère.

— De quel droit me traitez-vous ainsi ?

Touvier tourna son visage fatigué vers lui :

— J'ai quelques questions à vous poser. Mes collègues d'Angoulême, spécialisés en gestion des entreprises, ont trouvé des irrégularités dans votre comptabilité. Des fausses factures et plusieurs virements récents sur des comptes à l'étranger ont attiré leur attention. Ça vous parle ?

Michel, ahuri, fixait le commandant, les yeux dilatés sous l'effet du choc. Touvier mit en route le moteur et s'engagea sur la route sans dire un mot. Les épaules de Michel s'affaissèrent sous le poids d'une immense tristesse. Une tristesse qui, dans les heures à venir, se transformerait en colère sourde, compacte. Il se tourna vers la portière et regarda sans le voir le paysage défiler derrière la vitre.

47

HENRIETTE

Sous le parasol rouge de *La Marienne*, Henriette réfléchissait. Devant elle, sur la table de jardin, se trouvait l'article imprimé la veille par Régis, le fleuriste. Elle jeta un coup d'œil à la lavande, d'un mauve profond sous la lumière grise, plantée non loin du figuier. Au-dessus d'elle, les nuages défilaient à toute vitesse, le vent était fort. Sans doute pleuvrait-il dans quelques minutes, transformant le parasol en parapluie de fortune… Henriette, pour la treizième fois, relut l'article de *Sud Ouest* consacré à Pascal Gaillard. Un détail la perturbait. À la ligne 22, Pascal disait – ou du moins c'est ainsi que le journaliste avait retranscrit ses paroles – : « J'ai toujours travaillé la terre, depuis mon enfance. Ce travail m'a sauvé la vie. La terre m'a sauvé. Je suis profondément attaché à mes racines. » Henriette se gratta l'oreille et ferma les yeux. *Il n'a aucune racine. On aurait retrouvé des traces de sa famille, de sa ferme. Bon, c'est vrai, Régis n'a pas cherché longtemps, mais tout de même…*

La sonnerie de son téléphone la fit sursauter. C'était Janine Lavaud. Henriette décrocha et lui demanda immédiatement des nouvelles de son pied. Janine éluda la question d'un grognement et se mit à articuler :

— Son neveu va recevoir l'intégralité de son héritage. Le notaire me l'a confirmé ce matin. En fait, c'est le fils de son frère, décédé il y a une dizaine d'années. C'est donc le seul héritier. Il fait le malin et ça commence à énerver tout le village. Sinon, pour les papiers de Thérèse sur son bureau, je n'ai pas pu… enfin, c'était compliqué avec lui, il n'a pas voulu me faire rentrer dans la maison. J'espère que tu comprends…

— Bien sûr, Janine. Bravo pour ton travail de détective.

Henriette s'interrompit quelques instants, puis reprit :

— Janine, tu connais Pascal Gaillard ?

— Bien sûr ! Il est connu, ici. La coopérative qu'il a créée avec Michel Delage marche très bien, c'est une fierté dans le coin.

— Et tu connais sa famille ?

Janine répondit immédiatement, sans hésitation :

— Il s'est installé dans la région il y a… quinze ans peut-être. Avant, je ne sais pas. Il a acheté un terrain, a fait construire, s'est agrandi.

— Il n'a pas vécu enfant par chez vous ?

— Pas que je sache.

Henriette se tut, en pleine réflexion. Une abeille, qui tournait autour d'elle, la sortit de ses pensées. Elle s'empressa de la chasser en agitant la feuille de l'article.

— On m'a offert la recette de la sauce ravigote, la vraie, celle de Paul Bocuse. Tu la veux ?

— Et comment ! Je comptais justement cuisiner un pot-au-feu, parce qu'ils annoncent des orages pour ce soir sur la région.

— Nous aussi ! C'est déjà couvert et ça souffle. Si tu as d'autres infos sur Pascal Gaillard, tu m'appelles, d'accord ? C'est vraiment important.

— Parce que tu crois que c'est lui qui a tué Thérèse ? C'est plus son neveu ? Pff, envoie-moi ta recette, je n'y comprends plus rien à cette enquête à rebondissements. Je crois que je suis meilleure derrière les fourneaux que devant un cadavre refroidi…

Une heure plus tard, Henriette était assise en face de Monique et du commissaire Roux. Ce dernier venait de sortir de l'hôpital, rassuré quant à l'état de son cœur. Ils étaient tous trois attablés devant une salade niçoise et une bouteille de rosé bien fraîche, dans la maison blanche de Monique, non loin de *La Marienne*. Par la porte entrouverte sur le jardin se faufilait l'odeur suave du figuier. Le commissaire, soulagé d'être de retour, posa mille questions à Henriette et poussa l'exercice jusqu'à écouter ses réponses. Lorsque Henriette lui fit un résumé des démêlés de Michel Delage avec la gendarmerie, il prit l'air grave.

— J'ai connu un homme, à Reims, condamné à deux ans d'emprisonnement pour incendies volontaires dans des parcelles de vigne. Une fois libéré, il a recommencé les incendies puis s'est suicidé, moins de deux mois après sa sortie de prison…

Henriette manqua de s'étouffer :

— Mais c'est horrible ! Pourquoi me racontez-vous ça ? Quel rapport avec Michel Delage ?

— Aucun. Et c'est souvent comme ça qu'on trouve les solutions.

Henriette le fixa bizarrement. Puis lui servit une grande rasade de rosée :

— À votre santé, commissaire !

48

ROMAIN ET THOMAS

Aude, la voisine de Michel, aida l'apprenti à terminer la récolte. Mâchoire serrée, ils abattaient le boulot, surveillant sans cesse l'horizon et les nuages qui se rapprochaient. Les premières gouttes s'abattirent au moment de nourrir les bêtes.

Une fois le travail effectué, elle remercia l'apprenti et s'abrita sous la porte d'entrée de la ferme pour tenter de joindre Michel. Comme elle s'y attendait, elle tomba sur son répondeur, ne laissa aucun message. Elle appela la brigade. À l'accueil, on fit suivre son appel. L'adjudant Clément décrocha et, après l'avoir écouté, refusa de répondre à ses questions et de lui passer Michel. En substance, ce dernier était injoignable pour le moment. Clément ne pouvait donner aucune heure de sortie et raccrocha rapidement. Après avoir longuement hésité, Aude décida d'appeler Romain, qui répondit immédiatement. La gorge nouée, elle le mit rapidement au courant de la situation. Romain, à l'autre bout du fil, suffoqua. Voilà que la suspicion se renforçait, encore et encore… Ils firent le point sur la ferme, le labeur achevé et celui qu'il restait à faire.

Romain et Thomas s'apprêtaient à se rendre à Méribel pour y suivre l'étape du lendemain. Sans aucune hésitation, ils décidèrent de rentrer immédiatement : Romain ne pouvait laisser la ferme plus longtemps. Suivre l'étape en sachant Michel retenu de force à la brigade ferait perdre toute saveur à la course… Ils reprirent la route en sens inverse, sans un mot, soucieux, fatigués.

Avant Montluçon, Romain stoppa la voiture sur une aire d'autoroute. Il faisait nuit noire et la station-service faisait figure de base lunaire, baignée d'une lumière verte et de flashs clignotants. Les deux garçons s'endormirent sur la banquette de la cafétéria, devant les miettes de leur sandwich et les deux gobelets de café tiède.

49

MICHEL

En pénétrant dans le bureau de Berthet, Michel ferma un bref instant les yeux. *Pourvu que je n'y passe pas la nuit...* La pièce, minimaliste, consistait en un bureau blanc, vide de tout dossier, et d'une bibliothèque, dont la moitié des rayonnages étaient inoccupés. Une seule ampoule, faiblarde, éclairait la pièce. Michel s'assit sur une chaise inconfortable face aux deux hommes.

Le commandant Touvier démarra par quelques questions anodines, puis chercha à cerner la position de Michel quant à la manifestation contre Betagreen, son rôle au sein de la coopérative, ses connaissances en gestion et comptabilité, ses relations avec les autres administrateurs, ses éventuels soupçons... Un peu plus tard, Berthet prit le relais. Seuls le déroulement des faits et les réactions de Michel lui importaient. Ce dernier détailla son emploi du temps heure après heure, parfois minute après minute. Berthet en revenait toujours à ce point : comment être sûr qu'il n'avait pas quitté son lit dans la nuit du 8 au 9 juillet ? En l'absence de témoins, comment apporter une preuve ? Michel se tut, fatigué de répéter en boucle les mêmes arguments. Il demanda à recevoir des soins pour sa blessure à la tête, et le silence s'installa dans le bureau. Une des infirmières du cabinet médical d'Aigrefeuille, pourtant de repos, accepta de passer changer le pansement. La fatigue creusait les traits des trois hommes, déformés par la lumière blanche qui tombait du plafond.

Sous le regard attentif des gendarmes, l'infirmière nettoya la plaie et refit le bandage en silence. Un court instant, elle posa une main sur le bras de Michel, un geste qui le réconforta un peu, puis elle l'avertit que le pansement devait être changé toutes les douze heures. Berthet la raccompagna à la porte.

Dans le creux de la nuit, Touvier relança l'interrogatoire et se focalisa sur les comptes de la coopérative. Il ne disposait encore que de peu d'infos sur les irrégularités constatées, mais tenait à mesurer l'implication de Delage.

— Avez-vous, en tant que fondateur de la coopérative, un droit de regard différent des autres adhérents sur les comptes ?

Michel jeta un regard désabusé et morose sur Touvier.

— Je n'y connais rien en compta. Ce n'est pas mon truc, et ça ne le sera sans doute jamais. Je laissais carte blanche à Pascal pour s'en occuper.

— Il vous faisait des comptes rendus réguliers, à vous ou aux autres adhérents ?

— À moi, non. Pourquoi parler calcul de l'EBITDA, liasse fiscale ou caisse de péréquation à un inculte ?

— Les termes que vous venez d'employer prouvent le contraire, non ?

Michel le regarda, le regard vide. Sa voix, rauque, poursuivit d'un ton égal :

— Chaque semestre, Pascal et le comptable, que ce soit l'ancien comptable de Niort ou dernièrement, Alain

Deshaie, nous donnaient un aperçu du plan comptable de la coopérative : capitaux et réserves, résultat de l'exercice, provisions pour risques et charges, emprunts et dettes… Après, soyons réalistes, les montants sont ceux d'une coopérative, pas d'une multinationale. Alors des comptes à l'étranger, ça me paraît n'importe quoi. Vous êtes sûrs de votre équipe, à Angoulême ?

Touvier ne jugea pas nécessaire de répondre. Michel bâilla. Par mimétisme, les deux gendarmes firent de même. Le jeu des questions reprit.

À l'aube, alors que Michel détaillait pour la énième fois à Berthet le dernier bilan financier, Touvier coupa net les questions concernant le développement de la clientèle à l'étranger. Il savait pertinemment ne pas avoir suffisamment d'éléments ; il n'était pas expert financier, encore moins spécialisé en comptabilité agricole. Il se leva en s'appuyant sur le bord du bureau.

— Vous allez rentrer chez vous. Je vous raccompagne.

Michel se leva sans un mot et, le visage gris de fatigue, le suivit jusqu'à la voiture. Exténué, il s'endormit, la tête appuyée contre la portière malgré sa blessure.

50

JOURNAL INTIME [9]

Elle est revenue.

Elle m'a dit – et son corps transpirait la haine – : « Je sais très bien que tu as honte de leur dire qui tu es, ce qu'il t'a fait, comment il t'a traité, toi et ton ordure de mère. »

Puis : « Tu dois me payer pour que je me taise. »

Je l'ai tuée, et j'ai failli me faire prendre.

Je ne regrette rien. Depuis, les serpents dans mon corps se sont assagis.

Et maintenant, il reste LUI.

La vengeance est un plat qui se mange froid.

ÉTAPE 17

GRENOBLE – MÉRIBEL

MERCREDI 15 JUILLET

51

ROMAIN ET THOMAS

Après quelques heures de mauvais sommeil, Romain et Thomas reprirent la route. Seuls l'anxiété et le thermos de café leur permirent de tenir le coup. Ils firent une dernière halte près de Poitiers. Romain tenta pour la dixième fois d'appeler son père. Il raccrocha, excédé, avant que le répondeur ne se déclenche.

Une heure trente plus tard, ne sachant si son père était toujours à la brigade, Romain décida de s'arrêter à la ferme pour en avoir le cœur net. Sur la table de la cuisine, des traces de petit-déjeuner, un mug de café. Son père ne devait pas être loin… Il monta vérifier dans sa chambre. Le lit était défait, vide. Il redescendit les marches quatre à quatre. Thomas parlait au téléphone devant la maison et Romain tendit l'oreille : « Non, ce n'est pas logique. Mamie, tu… Comment peux-tu savoir ? Je ne pense pas que ce soit… »

Soudain, Thomas l'appela à plusieurs reprises, d'une voix agitée. Romain le rejoignit immédiatement sur la terrasse. Il le dévisagea, inquiet.

— Alors, tu sais où ton père ?

Romain lui fit signe que non. Thomas lui expliqua précipitamment :

— C'est Henriette. Elle se demande si…

Il soupira, indécis. On entendit alors la voix d'Henriette hurler dans le portable de Thomas : « Dépêche-toi ! » Thomas cracha le morceau :

— Elle se demande si Pascal Gaillard n'en veut pas à ton père, pour une sombre histoire de famille.

Romain fit la moue puis, l'œil noir :

— Pascal Gaillard… mais pourquoi ?

— Elle se demande si… enfin… est-ce que Pascal Gaillard pourrait être le frère de ton père ?

Romain eut un hoquet de surprise. Il éclata de rire tout en secouant la tête pour nier. Puis s'arrêta tout à coup de bouger. Son visage se crispa. Il arrêta de respirer. *Pascal Gaillard, le frère de Michel ? Donc le fils de… de mon grand-père, celui que je n'ai jamais connu… Pascal, le frère de Michel ? Non, non, non…*

Il reprit sa respiration. Il était blême. Soudain, dans un éclair, il se souvint de la même expression sur leurs deux visages, la même intonation de voix, légèrement voilée, nasillarde… Était-ce vraiment possible ? Il secoua la tête, comme pour éloigner ces pensées dérangeantes.

Thomas haussa le ton pour le ramener à la réalité :

— Elle veut qu'on aille chez Pascal pour vérifier que ton père n'y est pas.

Romain hésita. La voix d'Henriette hurla dans le portable : « Dépêchez-vous ! Et appelez la gendarmerie. Il est dangereux. C'est lui qui a tué Thérèse Roy. Elle le faisait chanter. » Ils coururent à la voiture. Thomas, dépassé par les événements, demanda à Romain de conduire pied au plancher.

*

Au même instant, le technicien du laboratoire d'analyses d'Angoulême, le même qui avait confirmé au commandant Touvier que l'ADN trouvé sur le lieu de l'incendie et celui de Michel étaient différents, appela à nouveau le commandant. Il commença par parler de la météo et des orages annoncés, ce qui énerva fortement Touvier, qui lui demanda d'un ton sec d'aller à l'essentiel. Au bout du fil, il sentit une certaine gêne. Le technicien hésita, puis :

— La dernière fois, je t'ai dit que les ADN étaient différents, qu'il appartenait à deux personnes différentes. Ce qui est vrai. Mais pas tout à fait…

Le technicien se tut, comme pour faire monter le suspense. Touvier hurla. Le débit du technicien s'accéléra :

— Bizarrement, les deux ADN sont très proches l'un de l'autre… Je sais que… enfin, que ce n'est pas autorisé, mais j'ai comparé les deux structures d'ADN.

— Et ?

La voix de Touvier était tendue, impatiente.

— Ces deux personnes sont de la même famille…

— Quel lien ?

— Ce sont deux frères. J'en suis sûr à cent pour cent.

Touvier fronça les sourcils :

— Ça ne rime à rien : Michel Delage n'a pas de frère !

Le technicien étouffa un rire :

— Qu'est-ce que tu en sais ? Les histoires de famille sont toujours plus compliquées qu'elles n'y paraissent !

Touvier raccrocha. Les idées se bousculaient dans sa tête. Une histoire de famille ? Berthet entra dans son bureau, un dossier à la main. Le portable de Touvier sonna à nouveau. Il décrocha, fébrile.

— Bonjour, c'est Thomas Rivaille. Je suis avec Romain Delage et on cherche Michel. Il est chez vous ?

Touvier se leva d'un bond :

— Non. Il n'est pas chez lui ? Je l'ai déposé ce matin vers six heures…

La voix de Thomas, étranglée par l'inquiétude, le glaça :

— Je… nous… enfin… on se demande s'il n'y a pas un problème entre Pascal Gaillard et Michel. Et on se demande si justement Michel n'est pas allé voir Pascal ce matin, après avoir passé la nuit chez vous…

Touvier attrapa son arme de service et, le téléphone collé à l'oreille, fit signe à Berthet de le suivre.

— On arrive tout de suite. Rendez-vous chez Gaillard. Surtout, soyez prudents, ok ? Ne tentez rien, on arrive.

*

Dans la voiture, Thomas regardait Romain, concentré sur sa conduite. Il dit d'une voix étonnée :

— C'était Touvier… Il n'a même pas eu l'air surpris quand je lui ai dit pour Gaillard…

Romain ne répondit pas. Il serra les dents et fit grincer le levier de vitesse. Gaillard n'habitait qu'à quelques kilomètres. Arrivé sur le chemin menant à sa maison, Romain décida de garer la voiture sur le bas-côté, pour que Pascal ne soit pas averti de leur présence. Les deux garçons sortirent sans un bruit, le cœur battant, et poursuivirent le chemin à pied. Après la courbe du chemin,

Thomas fut le premier à apercevoir la Peugeot 208. Il chuchota :

— Ton père est là !

Ils se mirent à courir. Le chemin longeait un mur aveugle de la maison et tournait à droite. Prenant soin de ne pas faire crisser le gravier sous leurs pieds, ils s'avancèrent, l'un derrière l'autre. Romain s'arrêta puis pencha la tête. La terrasse devant la porte d'entrée était déserte. Il longea la façade avec prudence, stoppa net devant la fenêtre de la cuisine. Thomas le rejoignit. La fenêtre était ouverte. Ils perçurent des éclats de voix. Romain saisit le bras de Thomas et lui chuchota dans l'oreille :

— Mon père est là, avec Pascal.

Thomas se pencha discrètement pour apercevoir les deux hommes. La voix de Pascal, lente, montait en puissance. Les garçons tendirent l'oreille :

— … honte de découvrir cette histoire, tandis que toi, bien au chaud dans tes draps repassés, tu te foutais bien de savoir la vérité…

Les yeux de Thomas, traversant le reflet de la vitre, saisirent en un instant la scène : le fusil de chasse braqué sur la poitrine de Michel, la figure blanche de celui-ci, son corps traversé de tremblements. Il tira Romain vers l'arrière et chuchota si bas que Romain eut du mal à comprendre :

— Pascal a un fusil. Il menace ton père. On fait quoi ?

Indécis, ils écoutèrent la voix qui enflait, la colère contenue, et frissonnèrent :

— Pendant que je me faisais tabasser, enfant, toi, tu riais… Je sais que tu as aimé me voir humilié. Avoue-le…

Le père de Romain se mit à gémir.

— Et tu sais comment je l'ai appris ? C'est la vieille, avec sa moustache et ses airs de sainte-nitouche, qui est venue. Elle m'a tourné autour. Puis m'a balancé son nom. Elle a craché après, pour ne pas avoir la bouche souillée. Tu y crois toi ?

Il se met à hurler :

— Tu y crois qu'on peut se remettre d'une telle humiliation ?

Pascal se mit à marcher de long en large, le fusil toujours pointé sur Michel, et les garçons percevaient le martèlement déterminé de ses pas rythmant ses mots. Il crachait son venin, phrase après phrase :

— Je n'ai rien eu, aucun argent, aucun héritage. Je n'ai jamais été aidé. C'est bien pour ça que je me suis servi dans les caisses de la coopérative. Une remise des compteurs à zéro en quelque sorte… Tandis que toi… Toi…

Thomas frémit. La colère qui montait dans la voix de Pascal semblait sans limites. Il tourna la tête pour essayer d'apercevoir la voiture de gendarmerie, en vain. Ils devaient agir ou la situation risquait de dégénérer très vite. Il se tourna vers Romain :

— Tu as une arme dans la voiture ?

— Un démonte-pneu ?

Romain partit en courant à la voiture, tandis que Pascal poursuivait son monologue en arpentant la pièce :

— Quand elle est venue me demander du fric, je l'ai tuée. Elle promettait de me traîner dans la boue, de révéler le nom de… notre père à tout le monde. Alors, j'ai capturé un nid dans la forêt derrière la maison. J'ai endormi les guêpes et je les ai emmenées dans un grand sac derrière sa maison. Quand elle est sortie, je l'ai aspergée d'attractif et j'ai libéré les guêpes…

Il éclata d'un rire dément. Thomas, affolé, se demanda ce qu'il fallait tenter. Sa propre impuissance l'horripilait.

Et Romain qui ne revenait pas… Soudain, Michel s'effondra. Le bruit sourd de son corps stoppa la litanie de Pascal, qui s'approcha de lui, fusil toujours braqué sur sa poitrine. Se tenant juste au-dessus de lui, il hurla :

— Sale bâtard !

Il lui donna un coup de pied, puis deux, enchaînant les injures. Michel, inerte, ne réagissait pas. Thomas s'avança vers la porte. Pascal chargea le fusil d'un geste sûr. À ce moment précis, Thomas fut bousculé par le commandant Touvier, qui jaillit dans la pièce en hurlant :

— Lâchez votre fusil ou je tire !

L'adjudant-chef Berthet, pistolet au poing, se plaça juste à côté de Touvier. Il tenait Pascal en joue. Ce dernier, immobile, sembla hésiter un instant, canon posé sur la poitrine de Michel. Le temps sembla se figer. Touvier, d'une voix qu'il espérait calme, réitéra sa demande. Pascal Gaillard ne réagit pas. Berthet fit doucement un pas sur le côté. Aussitôt Pascal mit le doigt sur la gâchette et pointa son arme sur l'adjudant-chef. Touvier, rapide comme l'éclair, tira une balle qui lui effleura la cuisse droite. Pascal s'effondra en hurlant. Berthet se précipita pour réanimer Michel tandis que Touvier éloignait le fusil de chasse de Gaillard. Romain se précipita près de son père.

— Les secours arrivent.

ÉTAPES 18 À 21

MÉRIBEL – LA ROCHE-SUR-FORON

JEUDI 16 JUILLET

BOURG-EN-BRESSE – CHAMPAGNOLE

VENDREDI 17 JUILLET

LURE – LA PLANCHE-DES-BELLES-FILLES

SAMEDI 18 JUILLET

MANTES-LA-JOLIE – PARIS

DIMANCHE 19 JUILLET

52

GUÉRISON

Les journées suivantes furent pénibles. Les orages annoncés n'éclataient pas et faisaient peser une chape de plomb sur toute la région, un temps lourd et poisseux qui énervait les bêtes comme les hommes.

Comment continuer à avancer quand un pan de l'enfance ou de la vie se décolle, qui révèle une histoire inattendue, des déchirures familiales insoupçonnées et forcément douloureuses ? Comment continuer à avancer lorsque le sol se dérobe, lorsque l'image du père, ou du grand-père, éclate en mille morceaux, coupants et acérés ?

*

Dès le lendemain de l'arrestation de Pascal Gaillard, Thomas repartit à La Rochelle malgré les protestations de Romain. Il était temps de laisser Michel et son fils s'expliquer. Il retrouva sa chambre d'étudiant, qui semblait minuscule après ces journées passées au grand air, au milieu des champs et des montagnes.

Allongé sur son lit, vanné, il suivit en intégralité l'étape Méribel – La Roche-sur-Foron, regrettant de ne pouvoir se mêler à la foule pour encourager les coureurs. Les paysages étaient grandioses, l'itinéraire magnifique. Au Cormet de Roselend, à presque 2000 mètres d'altitude, Alaphilippe, troisième au classement général à trois minutes vingt-sept du premier, tenta une échappée avec Remco Evenepoel, Enric Mas et Tim Wellens. Geraint Thomas, en maillot jaune, ne broncha pas. Fatigué? Trop sûr de lui? Le débat entre journalistes sportifs fut vif. Alaphilippe semblait en forme. Il ne lui restait que trois jours pour regagner sa place de leader. La dernière journée de repos semblait avoir renforcé sa détermination, et certains l'expliquaient par un sentiment de revanche dû à sa défaite de 2019. La présence de son coéquipier dans l'échappée augmentait encore un peu plus ses chances de réussite…

En France, le cœur de tous les téléspectateurs se mit à battre plus fort. Sur le bord des routes, les encouragements redoublèrent. Les drapeaux jaunes, accrochés aux fenêtres ou aux façades des mairies, se multiplièrent. À nouveau, la victoire semblait possible, l'espoir revenait. Trois minutes et vingt-sept petites secondes séparaient les deux hommes au classement général : le temps de cuisson d'un œuf à la coque. Le temps d'un gonflage de pneu pour un cycliste du dimanche. Le temps d'attente entre deux métros parisiens. Le temps d'une chute et d'un changement de vélo. Le temps d'une descente à ski en super-G… Le temps de la victoire ou de la défaite.

Thomas envoya plusieurs textos à Romain pour le prévenir. Il ne reçut aucune réponse.

Une heure plus tard, au col des Saisies, l'échappée continuait à creuser l'écart. Derrière, le peloton s'étirait dans les dénivelés et aucune équipe ne souhaitait rouler – une mésentente qui favorisait les hommes de tête. Alaphilippe enchaînait les prises de relais sans sourciller, les traits détendus. Excellent descendeur, il grappilla quelques précieuses secondes dans les pentes menant à La Giettaz. Au col des Aravis, les quatre hommes de tête continuaient de défier le peloton, à deux minutes derrière eux. Remco Evenepoel assurait le boulot, souvent en tête, et donnait son maximum. Trente kilomètres plus loin, Thomas, qui était parti en classe de neige à Annecy au collège, reconnut le plateau des Glières, majestueux, sauvage. Ne restait plus que l'ascension du col des Fleuries avant l'arrivée à la Roche-sur-Foron. Romain finit par répondre à Thomas, en commentant la course en direct. Lui aussi était scotché devant son écran, Michel assis à côté de lui, passionné.

Le Tour de France est une gestion de la respiration : pour les coureurs, gérer son souffle pour ne pas en arriver à bout ; pour les spectateurs admiratifs, suivre la course, souffle coupé. Les quatre hommes de tête conservèrent leur avance grâce à une bonne entente et une prise de relais efficace. Tim Wellens passa la ligne d'arrivée en tête, Enric Mas, Remco Evenepoel et Alaphilippe dans sa roue, au coude-à-coude. En bas à droite des écrans, 2'56 s'affichait en rouge et en gras. Soit trente et une secondes de gagnées par Alaphilippe sur Geraint Thomas.

Romain tapa dans le dos de Michel puis partit dans sa chambre.

*

Épuisés nerveusement et physiquement, Romain et Michel ne parlèrent pas, ou très peu, dans les jours suivant l'arrestation de Pascal Gaillard. Juste le minimum vital : « Passe-moi l'eau… Je rentre tard… J'ai nourri les bêtes… Passe-moi le pain aussi… » La nuit, ils étaient incapables de trouver le sommeil.

Michel se jeta à corps perdu dans le travail, conscient qu'il avait besoin de temps pour assimiler tous ces événements. Il refusa purement et simplement de penser à son père, ou à Pascal, incarcéré à la maison d'arrêt de Rochefort, en attente de jugement. La blessure était à vif, et là aussi il préférait attendre que le temps fasse son œuvre. Étrangement, le travail à la ferme – celle-la même où son père avait vécu et travaillé –, la répétition des gestes et l'immuabilité des journées contrebalançaient sa colère. L'alternance des jours et des nuits replaçait naturellement son histoire dans une autre histoire, plus large, plus vaste. Sans bruit ni éclat, le soleil du long mois de juillet refit son apparition.

De son côté, Romain avala les kilomètres jusqu'à épuisement. Sa colère, comme une bobine de fil emmêlé, semblait se dévider à chaque tour de roue. Il laissait loin derrière lui le fil épais de sa rage, tissage d'incompréhension et d'amertume, et roulait, mâchoires serrées, jusqu'à atteindre l'horizon. Un après-midi, après avoir parcouru plus de cent kilomètres, Romain prit conscience de la légèreté de son corps, de sa respiration, large, profonde, de ses pensées, légères. Il se libéra du dernier fil et abandonna sans regret la bobine vide de sa rancœur. Il envoya un message à Thomas pour lui rappeler la prochaine course. Puis un second, pour le remercier de son aide.

*

Le 17 juillet, lors de l'étape Bourg-en-Bresse – Champagnole, plate et réservée aux sprinters, Dylan Groenewegen remporta l'étape avec panache, suivi de près par Peter Sagan et Kristoff Alexander. L'équipe Jumbo-Visma remonta d'une place au classement général, derrière Movistar, suivie de près par l'équipe Ineos. Alaphilippe, malgré tous ses efforts, ne réussit pas à s'échapper et à creuser l'écart avec Geraint Thomas. Deux minutes et cinquante secondes séparaient les deux hommes. La probabilité d'une victoire française s'éloignait et l'espoir des Tricolores retomba comme un mauvais soufflé.

*

Le samedi 18 juillet, le commandant Touvier passa la journée dans son canapé. C'était la seule et unique étape de montagne du Tour 2020 qu'il pouvait suivre. Il avait prévenu ses proches et ses collègues : même un tremblement de terre ne le ferait pas quitter son poste devant la télé.

En course, le contre-la-montre individuel laissait envisager une multitude de scénarios, du plus conventionnel au plus espéré. Les paris allaient bon train et l'ambiance, à Lure, était survoltée. Le tracé du contre-la-montre s'achevait à La Planche-des-Belles-Filles par une montée de presque six kilomètres, à 8,5 % de pente moyenne. Même si Geraint Thomas semblait déjà avoir remporté le Tour, il restait malgré tout un espoir infime, qui allait se jouer sur ces pentes. Les conditions météo étaient plutôt favorables aux coureurs : ciel dégagé, températures agréables, à l'exception d'un vent de côté prévu en fin d'après-midi, pouvant s'avérer désavantageux pour les derniers coureurs à s'élancer.

Noé, son fils, jouait près de lui avec un jeu de construction. Lorsque Julian Alaphilippe s'apprêta à prendre le départ en avant-dernière position, fort de sa victoire au contre-la-montre individuel de l'an passé, Noé s'assit près de son père, intrigué par la ferveur de plus en plus forte dans la voix des journalistes. Lors d'une interview donnée deux heures plus tôt, Alaphilippe avait confié sa fatigue de fin de Tour, et les commentateurs sportifs n'en finissaient plus d'interpréter cette étonnante déclaration. Son départ mit fin à leurs querelles.

Très vite, Julian Alaphilippe montra sa supériorité, gérant de façon magistrale sa trajectoire. Il attaqua la montée avec une poignée de secondes d'avance sur Rigoberto Urán, actuel meilleur temps de l'épreuve. En danseuse, mètre après mètre, Alaphilippe grignota les secondes. La France tout entière l'encourageait. Il franchit la ligne d'arrivée grimaçant, langue pendante, avec près de trente secondes d'avance. Geraint Thomas, le visage de marbre, s'élança à son tour, maillot jaune sur les épaules. Favori, il montra son agressivité dès les premiers mètres d'ascension, gérant parfaitement son effort. Les deux minutes et cinquante secondes qui le séparaient du Français semblaient le galvaniser et il avala les trente premiers kilomètres sans commettre aucune faute. Au deuxième temps intermédiaire, il était toujours à égalité avec Alaphilippe. Dans les cinq derniers kilomètres, le vent reprit un peu d'intensité et Geraint Thomas en fut légèrement pénalisé. Il perdit dix secondes. La ligne d'arrivée fut très vite atteinte. Au total, quinze secondes le séparaient du chrono d'Alaphilippe, soit deux minutes et trente-cinq secondes au général… La France, chauvine, poussa un immense soupir de déception.

NOCTURNE DE JARNAC

DIMANCHE 26 JUILLET

53

ÉPREUVE

Le départ de la huitième édition de la Nocturne de Jarnac, près de Cognac, était prévu à 20 h 30. Au programme : une heure trente de course, suivie de cinq tours, regroupant des coureurs de toutes catégories.

Les clubs cyclistes arrivaient de toute la Charente. La majorité des juniors de l'USAC étaient présents et Anthony piaffait d'impatience. Il se sentait invincible et comptait bien monter sur le podium malgré son jeune âge et son manque d'expérience. Romain, quant à lui, avait déjà participé deux fois à cette course et connaissait la plupart des concurrents. Le parcours 2020 avait été modifié, mais continuait à serpenter entre les maisons blanches de Jarnac, avec deux ronds-points et un virage serré qui obligeaient les coureurs à relancer à chaque tour pour rester en lice. La chaleur, moins élevée, s'accompagnait d'un léger vent d'ouest – des conditions idéales pour courir.

Sur le parking, non loin du départ, les athlètes se préparaient. Thomas, lunettes de soleil calées dans son casque, discutait avec Michel lorsque Henriette, maillot jaune enfilée sur son chemisier à fleurs, trottina vers eux au bras de Marie, la mère de Thomas. Elle pointa sa canne vers Michel et, sans même le saluer, lui affirma que s'il était encore vivant, c'était uniquement grâce à elle et à ses talents innés d'enquêtrice. Michel, qui avait enlevé sa casquette blanche, laissant apparaître sa cicatrice au milieu de ses cheveux blancs, éclata de rire et l'embrassa avant qu'elle ait eu le temps de protester. Elle s'essuya la joue et donna un coup de canne sur le casque de son petit-fils.

— Toi, si tu ne finis pas premier, je...

— Tu m'offriras une voiture, suggéra Thomas en accrochant son dossard à l'aide de quatre épingles à nourrice. Merci mamie !

Nouveau coup de canne sur le casque de son petit-fils. Tandis que Marie venait en aide à Thomas pour accrocher son dossard, Henriette dévisagea Michel :

— Comment allez-vous ?

— Grâce à vous et à Thomas, bien. Savez-vous que le commandant Touvier, en charge de l'enquête, est arrivé aux mêmes conclusions pratiquement au même instant que vous ? Il a eu confirmation de votre intuition – à savoir que Pascal avait un lien de parenté avec moi – grâce aux tests ADN effectués à la suite de l'incendie. À une exception près : il lui manquait l'identité de l'incendiaire... Vous, vous aviez deviné ! Quant à moi...

Michel se tut un long moment. Patiente, Henriette attendit. Michel soupira puis reprit :

— J'étais à mille lieues de penser à lui, et encore moins à toute cette histoire invraisemblable...

Romain, vélo à la main, s'approcha d'eux, les cales de chaussures frappant le bitume. Il embrassa Marie et Henriette, qui s'empressa de lui demander en quelle matière était son cadre.

— En alu ! Pas encore en carbone comme les pros, mais ça viendra !

Il regarda Thomas :

— On va s'échauffer ? Départ dans quinze minutes.

Henriette bougonna :

— À poids égal et à paramètre nominal, le champ électromagnétique créé par l'interaction entre attractivité terrestre et un cadre en aluminium est supérieur à celle produite par un cadre en carbone, avec une incidence directe et déterminante sur la variation de résistivité. Ils y ont pensé à ça ? Et le carbone, avec ses quatre électrons sur sa couche de valence, possède une…

Michel regarda Henriette avec étonnement :

— Parce que vous êtes scientifique, aussi ?

Le sourire d'Henriette illumina son visage. La brise fit voler quelques mèches de ses cheveux blancs et elle ressembla, un court instant, à Albert Einstein version féminine. Michel ne lui laissa pas le temps de répondre :

— Un de mes anciens camarades d'école est physicien au Cern[1], à Genève. Vous savez quoi, Henriette ? Je vais organiser une visite privée rien que pour vous.

— Avec… avec accès privé au grand collisionneur de hadrons[2] ?

— Je… j'en suis sûr.

Henriette devint blême et se mit à trembler. Marie et Michel la prirent chacun par un bras et l'accompagnèrent jusqu'à un siège pliant, occupé par un spectateur.

---

1. L'Organisation européenne pour la recherche nucléaire, aussi appelée laboratoire européen pour la physique des particules, est le plus grand centre de physique des particules du monde.

2. Le grand collisionneur de hadrons est un accélérateur de particules circulaire de vingt-sept kilomètres de circonférence, passant sous le site du Cern entre la France et la Suisse. En 2012, il confirme l'existence du boson de Higgs.

— Elle ne se sent pas bien…

Le spectateur bondit de son siège et Henriette s'effondra dessus. Thomas et Romain, qui passaient à vélo, s'arrêtèrent. Thomas s'approcha d'elle :

— Tu as trop chaud ? Tu veux un peu d'eau ?

Il lui tendit sa gourde aux couleurs du club. Henriette eut du mal à aspirer l'eau. Michel s'agenouilla près d'elle :

— Vous voulez quelque chose à manger ? Je peux aller chercher un gâteau, ou du chocolat…

Henriette le remercia mais déclina sa proposition. Elle s'accrocha à son bras :

— C'est vrai ou c'est une blague ?

— Non, vraiment, je peux vous amener du chocolat, ou du sucre si vous préférez…

Henriette, anxieuse, lui serra encore un peu plus le bras et dit d'une voix faible :

— Pour le Cern, c'est vrai ou c'est une blague ?

Le visage de Michel s'éclaira :

— Bien sûr que c'est vrai. Je sais que c'est votre rêve Henriette. J'ai essayé de trouver quelque chose pour vous faire plaisir… mais si ça ne vous plaît pas, je peux changer !

À ces mots, Henriette se leva de son siège, joues à nouveau rosies. Elle emprisonna les mains de Michel dans les siennes et, les yeux pleins de larmes, lui déclara :

— Vous l'avez dit, c'est mon rêve le plus cher ! Allez hop, au galop jusqu'à la ligne de départ ! Je ne manquerai ça pour rien au monde.

Bras dessus bras dessous, Michel et Henriette se dirigèrent vers l'arche de départ. Un camion restaurant était installé juste en face, avec quelques tables libres. Ils s'y installèrent et Marie partit commander. Michel, un voile triste sur le regard, se tourna vers Henriette, qui semblait ailleurs.

— Vous ne pouvez pas savoir comme c'est dur de remettre en question sa conception de la famille… J'ai toujours adulé mon père. Alors savoir qu'il…

Henriette lui attrapa le bras et le coupa sans ménagement :

— Regardez qui est là !

Michel se retourna et observa le groupe posté sous l'arche de départ, près de l'estrade du jury. Il reconnut immédiatement Harry Morton, le directeur sportif de l'équipe Betagreen IDS, ainsi que Steve, son coureur, assis à l'écart du groupe, une paire de béquilles posées contre sa chaise. Le cycliste était entouré d'une foule d'admirateurs qui se pressait pour obtenir une dédicace. Henriette soupira et se gratta la tête :

— Qu'est-ce qu'il peut bien faire là ?

Thomas et Romain passèrent sur la route sans les voir, zigzagant entre les spectateurs. Claire, la copine de Romain, venait d'arriver et cherchait son champion pour l'encourager.

La course allait bientôt commencer.

Le président de l'Association Cycliste Jarnac Aigre Rouillac, organisatrice de la course, s'empara du micro et demanda à tous les coureurs de se placer sur la ligne de départ. Les cyclistes de son club se placèrent au premier rang, et le président invita Steve et Harry Morton à les rejoindre pour une séance photo. Henriette, qui s'était levée, s'appuyait sur la barrière la séparant des sportifs et cherchait son petit-fils du regard. Ce dernier, à quelques mètres d'elle, lui fit de grands signes. Il portait le dossard

56. Elle l'encouragea en levant sa canne et faillit éborgner un spectateur à côté d'elle.

Sur la ligne, les officiels se retirèrent et le président monta sur l'estrade pour donner le départ officiel de la huitième édition de la Nocturne de Jarnac. Henriette hurla sous la détonation du pistolet de starter. Les cyclistes, une cinquantaine au total, s'élancèrent pour plus d'une heure trente de course. Les spectateurs en profitèrent pour traverser la route avant le retour des coureurs et s'amassèrent devant le camion restaurant. Henriette regagna sa place. Marie lui montra les photos de Thomas avant le départ, que Henriette regardait d'un œil distrait. En réalité, elle surveillait Harry Morton et cherchait à deviner la raison de sa présence dans cette course régionale. Michel s'aperçut rapidement de son manège et, inquiet, lui demanda si elle suspectait un nouveau meurtre. Henriette tourna son visage grave vers lui :

— Vous ne pensez pas si bien dire…

Elle se leva et se dirigea vers Harry Morton, en grande discussion avec le président du club organisateur. Sans états d'âme, elle s'immisça au milieu de la discussion, interrompit le président et menaça Harry :

— Si vous ne me donnez pas une raison valable justifiant votre présence ici, j'appelle immédiatement la gendarmerie.

Les yeux comme des billes, Harry recula d'un pas. Il regarda longuement Henriette, ne sachant quelle attitude adopter. Le président demanda d'une voix aimable à Henriette si elle désirait qu'on l'aide à retourner chez elle. Elle lui hurla à la figure et pointa son index sur Harry :

— Demandez-lui un peu pourquoi il est là !

Le président sourit :

— Justement, il est là parce que je l'ai invité ! Et vous, vous êtes sûre que vous allez bien ? Je peux appeler l'équipe médicale, si vous en avez besoin.

— Vous l'avez invité pour quoi, exactement ?

Le président s'énerva, chassant la question d'Henriette d'un revers de main. Il saisit le bras d'Harry pour l'inviter à s'éloigner de cette vieille femme agaçante. Mais la canne d'Henriette, d'un coup sec sur son avant-bras, l'en empêcha. Henriette s'approcha, colla son visage à celui d'Harry :

— Si vous tentez quoi que ce soit, je vous certifie que vous passerez le reste de votre vie en enfer. En enfer, c'est bien compris ?

Harry prit peur et s'éloigna rapidement, suivi par le président, qui jeta un regard haineux à Henriette.

Cette dernière regagna sa table, où l'attendaient Marie et Michel. Ce dernier l'aida à s'asseoir.

— Vous voulez un petit remontant ?

— Une brune, et bien fraîche.

Henriette laissa son regard dériver pendant que Michel attendait son tour. Le panneau d'affichage indiquait déjà trois tours de course. Elle n'en avait vu aucun passer… Il déposa une cannette fraîche et un gobelet en plastique devant elle. La mousse dégoulina sur la table lorsqu'il ouvrit la cannette. Marie les aida à éponger puis partit faire le tour du circuit à pied. Le peloton arrivait. Il passa comme un train, déplaçant l'air avec force, avec des bruits métalliques impressionnants.

— Vous avez vu Romain ou Thomas ?

— Non, impossible, ils passent trop vite…

Ils restèrent là assis, un long moment, à regarder les coureurs passer à intervalle régulier. Pour l'instant, ils restaient groupés. Seul l'un d'eux, victime d'une crevaison, comptait un tour de retard. Au bord de la route, des amis, supporters ou parents attendaient les sportifs, bidon à la main. Il faisait encore chaud malgré le coucher du soleil imminent et les compétiteurs devaient absolument se ravitailler pour finir l'épreuve dans de bonnes conditions. Au douzième tour, alors que Henriette somnolait devant sa bière et que Michel encourageait les garçons à chaque passage, une échappée se forma avec cinq athlètes, parmi lesquels Romain. Michel s'égosilla pour l'encourager. Marc Roche, l'entraîneur de l'USAC, s'approcha de lui.

— Romain a progressé, ces derniers temps… Il s'est entraîné comme un fou en juillet et ça a l'air de porter ses fruits. Il fait un bon début de course…

Puis il alla se placer sur le bord de la route pour assurer le ravito, deux bidons d'eau à ses pieds.

Au vingtième tour, la configuration de la course s'était encore modifiée. Le peloton avait avalé les cinq premiers sans scrupules. Trois cyclistes avaient dû abandonner, victimes de problèmes mécaniques. Thomas, bien au chaud dans le peloton, enchaînait les tours, concentré. Romain était à l'avant, nerveux, heureux. Il se sentait en pleine forme et surveillait toute nouvelle attaque. Il se ravitaillait et reprenait son souffle avant d'attaquer la seconde partie de l'épreuve.

Harry Morton avait disparu, tout comme Steve, qui avait répondu à toutes les demandes d'autographes avec le sourire. Le président du club se tenait, attentif, sur l'estrade, surveillant le comptage des tours et le bon déroulement de l'épreuve dans le respect du règlement.

Après une heure trente d'efforts, sept coureurs évincés et un peloton compact, il ne restait plus que cinq tours à effectuer. C'était le moment d'attaquer. Romain, toujours en bonne position, surveillait l'avant, et particulièrement le vainqueur de l'année précédente, encore une fois bien placé. Thomas, bousculé dans le peloton, se retrouva à l'arrière. Il serra les dents et tenta de remonter. À l'avant-dernier tour, un participant jaillit du peloton et prit quelques mètres d'avance, en danseuse. Romain le colla à la roue. Bouche ouverte, ils effectuèrent un tour au coude-à-coude, peloton à une dizaine de mètres derrière eux. Lorsqu'ils arrivèrent sur la ligne, le président du club agita la cloche signalant le dernier tour.

Henriette, agrippée à la barrière à côté de Michel, hurlait avec Marie pour encourager les concurrents. Le public vit passer puis s'éloigner le peloton dans un souffle d'air chaud et puissant. Deux minutes à attendre. Henriette cria dans l'oreille de Michel :

— Pas de stress, il va gagner.

Au moment où elle prononçait ces mots, Romain et l'autre cycliste apparurent au bout de la rue, toujours dans un mouchoir de poche. Tout allait se jouer au sprint. Le public hurlait. À dix mètres de l'arrivée, Romain redoubla d'efforts et jeta son vélo sur la ligne d'arrivée. Il vit le cycliste à côté de lui lever les bras et une immense déception lui serra la poitrine. Il s'arrêta sur le bas-côté et posa sa tête sur le guidon, bras croisés, complètement immobile. Un secouriste s'approcha de lui pour lui demander s'il allait bien. Romain leva les yeux vers lui, le rassura, le visage blanc et triste. Claire se précipita et l'embrassa. Michel s'approcha et posa sa main sur son épaule. Il le félicita mais Romain haussa les épaules. Le président de l'Association Cycliste Jarnac Aigre Rouillac s'approcha de lui :

— On vérifie la photo-finish… Ça devrait prendre quelques minutes.

Romain secoua la tête.

— Il a gagné. De quelques centimètres, je pense…

— Je pense aussi, mais attendons.

Henriette, toujours agrippée à la barrière, félicitait son petit-fils, en sueur, pour la gestion de sa course. Il haussa les épaules :

— Mamie, je suis dans les derniers, pas la peine de me féliciter…

— Si ! Tu as fini la course, c'est l'essentiel.

Thomas retira son casque, s'essuya le front :

— On sait qui a gagné ? Tu as vu, toi ?

— Je crois malheureusement que ce n'est pas Romain. Pourtant, j'aurais parié…

La voix du juge dans le haut-parleur vint confirmer son pronostic. Romain arrivait second, à quelques dixièmes de seconde près. Thomas s'empressa de le rejoindre. Romain avait repris des couleurs et enregistré la défaite. Beau joueur, il alla serrer la main du vainqueur, un jeune du club de Cognac.

*

Rapidement, les organisateurs montèrent le podium sous l'arche. Harry, suivi de Steve, s'approcha. Aux côtés des trois gagnants, le président remercia tous les participants pour leur présence et félicita les vainqueurs. Steve, en équilibre sur ses béquilles, leur remit à chacun une médaille et un bouquet de fleurs. Applaudis chaleureusement par le public, les cyclistes se serrèrent la main. Harry prit le micro. Henriette tendit l'oreille, aux aguets.

— Bravo à ces juniors talentueux ! Bravo à tous les participants pour cette belle course, et un grand merci au public d'être venu si nombreux ! Si j'ai la chance d'être parmi vous ce soir, c'est grâce à…

Harry Morton se tut, cherchant le président du regard. Il le trouva et le montra de la main :

— … c'est grâce à toi, cher président. Merci pour ton invitation, qui me va droit au cœur. Et je profite du micro qui m'est tendu pour vous annoncer une grande nouvelle.

Henriette serra la barrière un peu plus fort, les jointures des doigts blanches.

— Après avoir longuement réfléchi, j'ai décidé de mettre fin à ma carrière chez Betagreen. Les raisons sont nombreuses et je vous épargnerai le détail de cette liste. Mais une chose est sûre : je reste dans la grande famille du cyclisme, une famille qui est la mienne et que je ne quitterai pour rien au monde. Je ne veux plus travailler chez les pros, et encore moins dans une équipe dirigée par un président américain peu soucieux de l'environnement…

Michel tressaillit. Quant à Henriette, elle resta bouche bée. Elle ne comprenait plus rien à ce qui se passait.

— Le président ici présent m'a demandé d'assurer sa succession au poste d'entraîneur de l'Association Cycliste Jarnac Aigre Rouillac, et j'espère assumer cette fonction avec le même brio que lui.

Harry se tourna vers Steve et lui fit signe de se rapprocher.

— Et j'ai l'immense honneur de pouvoir compter sur Steve pour me seconder – enfin, dès qu'il aura retrouvé ses jambes!

Il passa le micro à l'intéressé qui bredouilla quelques mots puis, d'une voix claire, expliqua qu'il gérerait son emploi du temps de pro de façon à dégager du temps pour l'entraînement des jeunes cyclistes:

— La Charente est un vivier de rouleurs et de puncheurs. Avec Harry Morton, nous voulons développer ce réservoir de forces vives. Mon expérience en tant que professionnel sera, je l'espère, un atout et…

Sa voix se perdit sous les applaudissements. Harry en profita pour récupérer le micro. Il semblait chercher quelqu'un des yeux. Lorsqu'il aperçut Henriette, il planta son regard sur elle et lui sourit:

— J'ai cru comprendre que certains – ou certaines – m'en voulaient d'avoir soutenu le groupe Betagreen. Enfin, c'est ce que je pense avoir compris…

Henriette ferma les yeux. Elle se sentait tellement gênée, elle qui, une heure plus tôt, sûre d'elle, l'avait accusé des pires maux. Michel lui donna un coup de coude. Elle faillit tomber.

— Vous avez entendu? Il quitte Betagreen! Un soutien de plus contre l'implantation de Betagreen en France…

Henriette secoua la tête et une mèche blanche lui tomba devant l'œil. Harry avait repris son discours à l'intention du président. Elle releva sa mèche:

— Là, vous allez vite en besogne… Comme moi d'ailleurs… J'ai accusé un innocent, certaine qu'il tramait un mauvais coup contre la famille Delage… J'ai aussi parié que Romain gagnerait…

Elle fit la moue, dépitée, l'œil triste:

— Je vieillis... Bon, en même temps, Einstein répétait sans cesse que « celui qui ne peut plus éprouver ni étonnement ni surprise est pour ainsi dire mort : ses yeux sont éteints ». Donc, je suis bien vivante !

Pour démontrer sa vitalité, elle donna un grand coup de canne sur la barrière. Elle la cassa net.

FIN

DÉJÀ PARUS DANS LA COLLECTION SO NOIR

1

2

3

4

5

6

7

8

9

Imprimé en France par CPI
en mars 2020

Dépôt légal : avril 2020
N° d'impression : 157854